Dieter Forte

KASPAR HAUSERS TOD

Ein Theaterstück

S. Fischer

S. FISCHER
THEATER
FILM FUNK
FERNSEHEN

Herausgegeben von
Krista Jussenhoven
und
Helmar Harald Fischer

Band 1
Veröffentlicht im Fischer Taschenbuch Verlag GmbH

Umschlagentwurf: Holger Matthies
Satz und Druck: Georg Wagner, Nördlingen
Einband: G. Lachenmaier, Reutlingen
Printed in Germany 1979
980-ISBN-3-596-27050-2

3,–

S. FISCHER
THEATER
FILM FUNK
FERNSEHEN

Kaspar Hausers Tod am 17. 12. 1833 in Ansbach ist für Dieter Forte ein Beispiel für Tod durch politische Einflußnahme. Im Hinblick auf Hausers Ermordung ist das wörtlich zu verstehen. Aber nicht weniger konkret ist damit die Unterdrückung der freien Persönlichkeit durch Zensur und Polizeiwillkür gemeint.

Die Zeit, um die es in diesem Stück geht, ist ein Spannungsfeld biedermeierlich-konservativer und jungdeutsch-liberaler Kräfte. Ermutigt durch die Pariser Juli-Revolution, breitet sich eine wachsende Unruhe in allen Bevölkerungsschichten aus, die sich 1832 im Hambacher Fest artikuliert. Als Gegenmaßnahme wird in den 42 souveränen Staaten des Deutschen Bundes der restaurative Druck verschärft. Jedes Aufbegehren der unteren Stände und jede progressive Tendenz des liberalen Bürgertums wird im Keim erstickt. Die Reaktionen der Menschen sind unterschiedlich: Rückzug ins Private und politische Inaktivität, Engagement für fortschrittliche Ziele, Konzentration auf wirtschaftlichen Profit oder Hoffnung auf ein freieres Leben im Ausland. Dieter Forte bedient sich zum erstenmal in einem Theaterstück der geschlossenen Form und gewinnt damit eine Ausdrucksebene hinzu: die Form als Metapher für sein Thema. Situationen und Denkhaltungen, eingeengt durch die Restauration, sprechen in ihrer Aktualität für sich selbst.

Das Stück setzt ein mit der Beerdigung Kaspar Hausers. In den Gesprächen der Personen, die ihn näher gekannt haben, wird deutlich, wie sehr sie ihn zu einem der Ihren gemacht haben. Seine Ermordung erschüttert sie in dem Glauben, ihre positivistischen Wertvorstellungen produktiv verwirklichen zu können. Sein Tod macht ihnen die Fragwürdigkeit ihrer Sinnbegriffe deutlich. Sie denken über Parallelitäten zwischen ihrer eigenen Existenz und der Kaspar Hausers nach. Sie stehen ratlos vor dem Neuen wie er. Ihr Welt- und Selbstverständnis ist erschüttert. Sie haben Schwierigkeiten, die Zeit mit ihrem technischen Fortschritt, ihren politischen Problemen und der Veränderung des Wertgefüges zu verstehen und zu beeinflussen. Welches Thema sie auch anschneiden, sie landen immer im Umstrittenen, Ungesicherten, Verbotenen. Einen Ausweg aus dieser Situation finden sie in der Legendenbildung um Kaspar Hauser. So entsteht, von der Obrigkeit geduldet und gefördert, die Geschichte seiner Geschichte. »Ein Thema konnte dieser Kaspar Hauser nur werden, weil es ein so märchenhaftes Wunder ist, daß ein Lebendigbegrabener zu einem ›intelligenten‹ Menschen gemacht wird, und weil es verboten war, über die vielen tausend intelligenten Menschen zu reden, die zu gleicher Zeit lebendig begraben wurden« (Forte).

Der dieser Textausgabe hinzugefügte dokumentarische Anhang – eine Auswahl, die vom Thema des Stückes bestimmt wurde – soll nicht den Text beglaubigen, sondern die unglaubliche Realität deutscher Geschichte.

Personen

WIRT
SCHANKBURSCHE
FRANZ JOSEPH VON STICHANER, 50, Generalkommissär und Regierungspräsident in Ansbach
FRAU VON STICHANER
ANSELM RITTER VON FEUERBACH, 58, Staatsrat u. Appellationsgerichtspräsident beim Königl. Appellationsgericht in Ansbach
JOSEPH HICKEL, 38, Gendarmerieoberleutnant in Ansbach
DR. J. H. HORLACHER, 45, Arzt in Ansbach
HEINRICH FUHRMANN, 46, evangelischer Pfarrer in Ansbach
JOHANN GEORG MEYER, 43, Oberlehrer in Ansbach
FRAU MEYER
KOLB, 35, Verleger
JAKOB FRIEDRICH BINDER, 40, 1. Bürgermeister von Nürnberg
FRAU BINDER
GOTTLIEB FREIHERR VON TUCHER, 35, Ratsakzessist beim Kreis- und Stadtgericht in Nürnberg
GEORG FRIEDRICH DAUMER, 33, Gymnasialprofessor am Nürnberger Gymnasium
HILTEL, Gefängniswärter in Nürnberg
1. ARBEITER
2. ARBEITER
3. ARBEITER
4. ARBEITER
EIN MANN
NACHTWÄCHTER

Das Stück spielt 1833 in Ansbach.

I Friedhof

4 Sargträger lassen an der Rampe einen Sarg an Seilen in ein Grab. Hinter dem Grab, mit dem Gesicht zum Publikum, Stichaner, seine Frau, Feuerbach, Hickel, Dr. Horlacher, Fuhrmann, Meyer, seine Frau, Kolb, Binder, seine Frau, Tucher und Daumer.
Die Sargträger ziehen die Seile heraus und gehen ab.
Die Bürger werfen nacheinander Blumen in das Grab.

Frau Binder *liest ab*
Mein erstes Jahr begrüß ich heut
In Dank und Liebe hocherfreut,
Von vieler Not und Last gedrückt,
Von heute an genieß ich was mein Herz entzückt,
Und fühl auch jetzt mich neu beglückt.
In meinem ersten Jahre steh ich nun,
Da gibts erstaunlich viel zu tun,
Zum Schreiben und zum Malen,
Zum Rechnen oft mit Zahlen.
Gott wollte, daß ich sehe, wie's in der Welt hergeht,
Und zu lesen, was in den Büchern steht,
Und anzubauen mein Gartenbeet.
Gott wird die Kraft mir geben in Jugendtagen,
Um die Klugen auszufragen,
Jetzt muß ich mich vorbereiten,
Täglich fortzuschreiten,
Ein Schritt ist nicht gar viel,
Doch führt er mich noch zu mein' erwünschten Ziel.
Pause.
Sein erstes Gedicht.

FUHRMANN Ich sagte zu ihm, Gott sei überall unser Begleiter, er solle nur fest und zuverlässig auf ihn vertrauen. Er sagte: ›Ach, diese Wege sind sehr dunkel.‹ Ich sagte zu ihm: ›Aber Sie haben doch die Überzeugung, lieber Hauser, daß es Wege der Liebe und Barmherzigkeit sind?‹ Hauser sagte ja und faltete seine Hände. Mit sichtbarer Erhebung sprach er: ›Vater, nicht mein Wille, sondern der deinige geschehe.‹

DAUMER Ich sehe ihn immer noch vor mir. Sein reiner, offener Blick, seine Herzlichkeit und Gutmütigkeit, seine Abneigung gegen alles, was einem Menschen oder Tier nur den leisesten Schmerz verursachen könnte.

STICHANER Er meinte einmal, daß es doch so viel Schönes auf der Welt gäbe, und wie hart es für ihn sei, so lange gelebt und nichts davon gesehen zu haben, und wie glücklich die Kinder seien, die dies alles von ihren ersten Jahren an sehen können. Ich erwiderte, was die Schönheiten der Natur betreffe, so habe er keine Ursache, sich zu beklagen. Die meisten Menschen, unter diesen Herrlichkeiten aufgewachsen, betrachten sie als etwas Alltägliches mit gleichgültigen Augen. Ihm aber, der erst als Jüngling in die Welt getreten, seien diese Empfindungen in aller Frische und Reinheit erhalten geblieben, und hierin habe er einen bedeutenden Vorzug vor anderen Menschen.

TUCHER Er hat mir kurz vor seiner Konfirmation unter Tränen gesagt: ›Ich weiß, man hält mich für einen Betrüger, das tut mir recht weh, ich mußte alle Nächte darüber weinen. Seitdem ich aber aus dem Religionsunterricht weiß, daß es einen Gott gibt, der in das Innere sieht, bin ich ruhig und weine nicht mehr, denn ich weiß, daß ich kein Betrüger bin. Auch beruhigt mich der Gedanke, daß ich an Gott einen Vater im Himmel habe, obwohl es mein erster Wunsch ist, zu erfahren, wer mein irdischer Vater ist, gleichviel ob arm und niedrig, wenn ich ihn nur kenne. Ich denke darüber nicht wie die Leute.‹

Meyer zieht ein großes Schnupftuch heraus und weint.

FRAU MEYER Nun nimm dich doch zusammen.

KOLB *zu Horlacher* Kennen Sie schon das Ergebnis der Obduktion?

HORLACHER Das Messer ist zwei Zoll unter der linken Brustwarze zwischen der sechsten und siebten Rippe in die Brusthöhle eingedrungen, hat den Herzbeutel durchschnitten, den Rand des linken Leberlappens penetriert und endete im Magen zwischen der cardia und dem fundus.

BINDER Kaspar Hauser, mein geliebter Pflegesohn, ist nicht mehr. Er starb an den Folgen der durch einen Meuchelmörder erlittenen Verwundung. Ihm sind nun die Rätsel gelöst, an welche die Vorsehung sein trauriges Dasein geknüpft hatte. Im ewigen Frühling jenseits wird der gerechte Gott ihm die gemordeten Freuden der Kindheit und die Vernichtung seines Lebens, das ihn nur 5 Jahre zum Bewußtsein des Menschen erhoben hatte, reich vergelten. Friede seiner Asche.

KOLB *zu Feuerbach* Möchten Sie etwas dazu sagen?

FEUERBACH Nein, ich möchte nichts sagen.

Pause.

FRAU STICHANER Es ist kalt.

II Wirtshaussaal

Ein holzgetäfelter Wirtshaussaal.
Links an der Wand ein Schanktisch. Dahinter ein in die Wand eingebautes Regal mit Gläsern, Flaschen usw. Rechts eine Tür, die zur Schankstube führt. In der Mitte hinten der Haupteingang. Links davon, an der Wand, ein Klavier. Daneben ein vergittertes Fenster. Rechts in der Ecke führt eine Treppe zu einer Tür mit dem Schild: Toilette. Unter der Treppe eine halbhohe Kellertür. An der Wand Kleiderhaken.
Etwa in der Mitte des Raumes ein Ofen mit einem langen Ofenrohr.
Tische und Stühle stehen ungeordnet herum. Von der Decke hängen einige verblaßte Girlanden.
Es ist dunkel. Die Saaltür wird von außen aufgeschlossen. Ein Lichtstrahl fällt durch die Tür. Der Wirt und der Schankbursche kommen herein.

BURSCHE *trägt einen Korb Brot zum Schanktisch* Eingeheizt hab ich schon am Nachmittag, daß es temperiert ist.

WIRT Nachlegen. Und die Kerzen anzünden. Das sieht gleich wärmer aus. Die Herrschaften werden verfroren sein. Punschgläser?

BURSCHE *zündet Kerzen an* Zwei Dutzend.

WIRT Soviel werden nicht kommen. Tischdecken?

BURSCHE Auf dem Klavier.

WIRT *geht zum Klavier und findet dort ein Ölbild Kaspar Hausers* Was ist das?

BURSCHE Einen schönen Gruß von der Frau Regierungspräsidentin, und sie meint, wir sollten es aufstellen.

WIRT Wenn sie meint. *Er stellt das Bild auf das Klavier* Sakrament, die Girlanden!

BURSCHE Vom Ball der Frau Geheimrat. Nächste Woche hat Frau Stadtgerichtsdirektor ihren Ball.

WIRT Vielleicht ist es gegen die Pietät.

BURSCHE Wen wird es stören.

WIRT Laß sie hängen.

BURSCHE Ich häng noch einen Trauerflor dazwischen.

WIRT Und einen an die Tür. Das genügt. Den Leuchter da wieder aus. Es ist hell genug. Allzu hell ist auch nicht gut. Und wer bezahlt es.

Der Schankbursche holt einige Meter Trauerflor, einen Hammer und einige Nägel aus dem Regal, steigt auf einen Tisch und nagelt den Trauerflor an einen Querbalken in der Mitte des Raumes. Der Wirt nimmt die Tischdecken vom Klavier, deckt die Tische und schiebt sie zurecht.

BURSCHE Eigentlich schad, daß er nun tot ist.

WIRT Tot ist tot. Was ist da schad.

BURSCHE Man hätt von ihm lernen können.

WIRT Vom Kaspar Hauser? Was hättest du von dem lernen können? Der hat doch selber erst alles lernen müssen.

BURSCHE Das mein ich ja. Man hätt von ihm lernen können, wie das ist, wenn einer erst alles lernen muß. Unsereins merkt das doch nicht. Ich meine, es wird einem doch alles gesagt. Da ist die Welt dann so, wie sie ist. Aber wie ist denn die Welt? Ich meine, wie ist sie wirklich? Wenn man darüber nachdenkt, dann denkt man doch immer nur – wie soll man das sagen – weiß der Herr Wirt, wann er angefangen hat zu denken?

WIRT Ich weiß nur, wann ich aufgehört hab zu denken.

BURSCHE *springt vom Tisch und nagelt den Trauerflor an die Saaltür* Wenn einer nicht immer Schankbursche bleiben will, sollte er sich Gedanken machen, schon wegen der Gäste.

WIRT Ich kenn keine Gäste, die denken; die Leute gehen ins Wirtshaus, um nicht zu denken.

BURSCHE Da wird es schon welche geben, die denken.

WIRT Dann verheimlichen sie es aber sehr.

BURSCHE Sie werden es nicht sagen wollen in einem Wirtshaus.

WIRT Oder sie haben sich dabei so tödlich erschrocken, daß sie es gleich wieder drangegeben haben. *Er geht zum Schanktisch.*

BURSCHE Eben deswegen hätt man den Kaspar Hauser einmal befragen sollen, wie das ist mit dem Denken, ob es einen da gleich zerreißt, wenn man die Welt so auf einmal vor Augen hat, so ganz neu und ohne eine Erklärung. *Er steht vor dem Bild Kaspar Hausers und hängt einen Trauerflor darüber.*

WIRT Gewundert hat er sich schon.

BURSCHE Und seine Gedanken hat er sich sicher auch gemacht.

WIRT Sonst hätte er sich nicht so gewundert. Und die Gläser dürften auch noch ausgewischt werden. *Er schenkt sich ein Glas Wein ein und setzt sich an einen Tisch. Der Schankbursche wischt die Gläser aus.* Das dauert mal wieder.

BURSCHE Wenn Pfarrer Fuhrmann predigt.

WIRT Sobald die ersten kommen, gleich den Punsch herein. Und ordentlich im Ofen nachlegen.

BURSCHE Die Tische zusammenschieben? Das gibt Stimmung.

WIRT Wenn die Herrschaften sich verstehen. Wenn nicht, ist die Stimmung gleich hin. Wer weiß, wer da alles kommt. Man will sich vielleicht separieren.

BURSCHE Ärger gibt es dann auch.

WIRT Dann aber vom Punsch.

BURSCHE Vielleicht kommen welche aus Nürnberg?

WIRT Bestimmt.

BURSCHE Oder aus dem Schloß in Karlsruhe?

WIRT Wohl kaum.

BURSCHE Immerhin soll er dort geboren sein.

WIRT Dazu sag ich nichts. Begraben wird er jedenfalls bei uns in Ansbach. Und das liegt in Bayern. Karlsruhe ist weit. Was geht uns das Ausland an.

Die Schanktüre wird geöffnet. Ein Mann steht in der Tür. Man hört die Stimmen aus der Schankstube.

WIRT Was ist?

MANN Es fehlen Stühle.

Der Wirt zeigt auf die herumstehenden Stühle. Der Mann nimmt vier Stühle und geht damit in die Schankstube. Die Tür wird wieder geschlossen.

WIRT Was ist denn da los?

BURSCHE Da haben sich anscheinend alle Handwerksburschen der Stadt versammelt.

WIRT Eine Versammlung?

BURSCHE Irgendeiner hat Geburtstag.

WIRT Wochenlang nichts und dann zwei Feiern auf einmal.

Gelächter aus der Schankstube.

BURSCHE *lehnt am Schanktisch* Seltsam ist es schon.

WIRT Was?

BURSCHE Das mit dem Kaspar Hauser.
WIRT Gar nichts ist seltsam.
BURSCHE Ich kenn einen Schreiber vom Stadtgericht. Er sagt, sie wüßten dort alles.
WIRT Die wissen alles, was alle anderen auch wissen.
BURSCHE Aber es ist geheim.
WIRT Vielleicht beim Stadtgericht. Weil es da in die Geheimakten kommt.
BURSCHE Warum darf man dann nichts sagen?
WIRT Weil es verboten ist. Es gibt sehr leicht ein Wirtshausgerücht.
BURSCHE Aber wenn es alle sagen?
WIRT Alle sagen es eben nicht. Das bringt einen zu schnell in die Geheimakten, und die Geheimakten bringen einen schnell ins Gefängnis.
BURSCHE Wegen falscher Aussage der Wahrheit.
WIRT Oder wahrheitsgemäßer Wiedergabe einer falschen Aussage.
BURSCHE Warum hat man ihn aber ermordet?
WIRT Weil ihn einer ermordet hat. Das passiert alle Tage, daß einer ermordet wird.
BURSCHE Aber wer hat ihn ermordet?
WIRT Weiß man? Das ist etwas für die Polizei. Ein Kriminalfall.
BURSCHE Eigentlich wissen es alle, aber alle wissen nichts.
WIRT Das ist so.
BURSCHE Und deswegen stellt man sich besser dumm.
WIRT Wie alle.
BURSCHE Und denkt nicht viel.
WIRT Wie alle. *Stimmen vor der Saaltür* Sie kommen. Hol den Punsch und leg Holz nach.

Bursche ab. Stichaner und Feuerbach kommen herein. Herr Regierungspräsident. Herr Appellationsgerichtspräsident. *Der Wirt nimmt ihnen die Mäntel ab und hängt sie an die Wandhaken neben der Tür. Stichaner in Galauniform; Feuerbach im schwarzen Schoßrock, mit hoher Seidenkrawatte, einige Orden.*

STICHANER Kalt draußen.

WIRT Ich sage immer, ein anständiger Mensch stirbt im Sommer, im Dezember ist kein Wetter für eine Beerdigung. Dem Toten ist es schließlich egal, aber so mancher Lebende holt sich dabei den Tod.

FEUERBACH Manch einer hat keine Wahl.

WIRT Ja, das ist wahr. Der Punsch kommt sofort. Ein Gläschen Rüdesheimer zuvor, vom Besseren? Ehe die anderen Herrschaften – Ich habe mir auch schon erlaubt. *Er schenkt zwei Weingläser ein. Die Herren trinken, der Wirt geht zur Saaltür.*

STICHANER Ja, nun ist er tot.

FEUERBACH Sind Sie sicher?

STICHANER Wieso?

FEUERBACH Ich meine, ist er wirklich tot?

STICHANER Ich denke, wir haben ihn eben begraben.

FEUERBACH Wen?

STICHANER Kaspar Hauser.

FEUERBACH War es wirklich Kaspar Hauser?

STICHANER Wer soll es denn sonst gewesen sein?

FEUERBACH Vielleicht ein anderer.

STICHANER Kaspar Hauser?

FEUERBACH Er hat sich so genannt. Aber war er es?

STICHANER Und wen haben wir, ihrer Meinung nach, begraben?

FEUERBACH Einen Menschen, der sich Kaspar Hauser nannte.

STICHANER Also doch Kaspar Hauser.

FEUERBACH Wenn er es war.

STICHANER Sie haben ihn doch selbst gekannt.

FEUERBACH Wen?

STICHANER Kaspar Hauser.

FEUERBACH Den, der glaubte, Kaspar Hauser zu sein, oder den, der glaubte, daß er glaubte, Kaspar Hauser zu sein?

STICHANER Und was glauben Sie, wenn man fragen darf?

FEUERBACH Ich glaube gar nichts. Ich halte mich an die hochwohllöblichen und staatserhaltenden Akten und Protokolle, die da besagen, daß besagter Kaspar Hauser Kaspar Hauser ist. Ein ganz passabler Rüdesheimer.

STICHANER Von dem Sie glauben, daß Sie glauben, daß es Rüdesheimer ist.

FEUERBACH Das Etikett, mein Lieber, das Etikett und die Etikette. Das Kind muß schließlich einen Namen haben. Schenken Sie Wasser aus, und jeder wird sagen, klares Wasser. Kleben Sie ein Etikett auf die Flasche mit Wappen und Goldschrift, und die Leute werden mit der Zunge schnalzen und schwören, es sei ein besonderer Tropfen.

STICHANER Darf ich Etikette, Wappen und Goldschrift als Anspielung auffassen?

FEUERBACH Sie dürfen glauben, was Sie glauben.

Die nächsten Trauergäste kommen gruppenweise.

WIRT *nimmt ihnen die Mäntel ab* Frau Regierungspräsidentin, Herr Gendarmerieoberleutnant, Herr Verleger. *Hickel in seiner Gendarmerieuniform; Kolb im braunen Anzug mit gestreifter Weste.*

KOLB Man hätte sofort nach jedem Menschen fahnden sollen.

HICKEL Es wurde mit dem Stadtgericht und mit dem Gendarmeriekommando beraten. Befehle wurden erlassen, Gasthäuser visitiert, Nachtzettel, Fremdenbücher, Paßregister –

FRAU STICHANER Das ist sehr lieb von Ihnen, daß Sie das Bild aufgestellt haben.

WIRT Aber Frau Regierungspräsidentin, das ist doch selbstverständlich.

FRAU STICHANER Ich mag dieses Bild sehr.

HICKEL Es wurde jedenfalls alles getan und nichts unterlassen.

STICHANER Bei dem großen Gewicht der Sache und bei den politischen Verbindungen, die sie in den Augen des Herrn Staatsministers des Äußeren hat, beschwöre ich Sie, alles aufzubieten und Kosten nicht zu scheuen, um dieses scheußliche Attentat aufzudecken, und den Anschein zu beseitigen, als könne unter den Augen der in puncto Fremdenpolizei wachsamsten Regierung Deutschlands so etwas ungestraft geschehen.

HICKEL Die Polizeibehörden und das Stadtgericht sind unermüdlich tätig, die Vernehmungen dauern an. Ich beantrage die Aussetzung einer Belohnung von zehntausend Gulden.

STICHANER Seine Majestät, König Ludwig von Bayern, haben bereits zu erkennen gegeben, daß sie damit einverstanden sein werden.

KOLB Zehntausend Gulden, eine schöne Summe.

STICHANER Ich habe trotzdem wenig Hoffnung auf ein die Menschheit versöhnendes Resultat.

KOLB Bei zehntausend Gulden? Das müßte einen Menschen doch reizen.

FEUERBACH Das kommt auf die Kreise an, in denen sich der Mensch bewegt. Ein Kieselstein in einen Dorfteich geworfen, zieht natürlich Kreise. Aber werfen Sie einen Felsbrocken in ein Meer, was sehen Sie, gar nichts.

KOLB Solange man das Meer nicht trockenlegen kann.

FEUERBACH Was nur einen Sumpf zutage brächte.

STICHANER Jedenfalls der badischen Herrscherfamilie ist ein Attentat auf ein Kind des Großherzogs fremd. Alle Schuld würde auf den verstorbenen Markgrafen fallen. Eine Anfrage aus Karlsruhe, selbst wenn sie direkt aus dem großherzoglichen Kabinett käme, dürfte demnach nie auf Irrwege der jetzt regierenden Dynastie führen. Ich empfehle dies der ganz besonderen Aufmerksamkeit.

KOLB Warum dann zehntausend Gulden Belohnung?

FEUERBACH Warum nicht. Wenn sie doch keiner abholt.

HICKEL Der Ruf der Polizei steht auf dem Spiel.

KOLB Sie meinen, was zehntausend Gulden nicht schaffen, braucht auch die Polizei nicht zu schaffen. Ein schönes Alibi haben Sie da.

HICKEL Ich habe mir die Angelegenheit zur Ehrensache gemacht. Ich werde jede Spur verfolgen, um Licht in das Dunkel zu bringen. Es wäre schön, wenn uns auch Ihre Zeitung unterstützen würde.

KOLB Meine Redakteure werden gewiß alles tun, mit ihren Recherchen der Polizei zu helfen.

STICHANER Das ist absolut unnötig. Die Untersuchung überlassen Sie mal uns. Es genügt die Aufklärung der Öffentlichkeit.

KOLB Dann werde ich Anweisung geben, die zehntausend

Gulden fett zu drucken. Titelseite. Ich fürchte nur, die Leser werden sich Gedanken darüber machen, daß da wohl kein Landstreicher umgebracht wurde. Zehntausend Gulden, das sieht eher nach einem Herrn von Stand aus.

STICHANER Lassen Sie Ihre Redakteure einen entsprechend abgewogenen Artikel dazusetzen.

KOLB Am besten schreiben Sie den Artikel gleich selbst.

FRAU STICHANER Ich werde Ihre Zeitung noch abbestellen müssen, mein Lieber.

KOLB Frau Regierungspräsidentin wissen natürlich die Wahrheit. Wir schreiben nur darüber, für die Leser. Und die glauben an die Wahrheit.

Die nächsten Trauergäste kommen.

WIRT Frau Bürgermeister. Herr Bürgermeister. Herr Pfarrer. Herr Doktor. *Er nimmt ihnen die Mäntel ab. Binder im schwarzen Wams, mit Amtskette; Fuhrmann im Talar; Horlacher im schwarzen Frack, mit hoher Seidenkrawatte.*

DR. HORLACHER *zum Ehepaar Binder* Abends fand ich ihn sehr verschlimmert. Die Extremitäten eiskalt und mit klebrigem Schweiß bedeckt, keinen Puls an den Händen, der Atem äußerst kurz. Die Schwäche nahm zu, und um 10 Uhr erfolgte der Tod.

FUHRMANN *zum Ehepaar Binder* Als sein Religionslehrer und Beichtvater versuchte ich, ihm die Tröstungen der Religion auf dem letzten Lebensweg nahezulegen. Ich sagte ihm, daß Christus fordere, unseren Mitmenschen zu vergeben. Hauser erklärte: Warum sollte ich Zorn oder Haß auf die Menschen haben, man hat mir ja nichts getan.

Die nächsten Trauergäste kommen.

WIRT Frau Oberlehrer. Herr Oberlehrer. Herr Ratsakzessist, Herr Gymnasialprofessor. *Er nimmt ihnen die Mäntel ab. Meyer im schwarzen Anzug mit einem Zwicker, den er oft putzt; Tucher im schwarzen Frack, mit Weste und Fliege; Daumer trägt sehr lange Haare, seinen Mantel mit Pelzkragen behält er den ganzen Abend an, da er kränklich ist.*

MEYER *zu Tucher und Daumer* – und mir die Hand reichend – sagte er, ›recht vielen Dank für die vielen Lehren und Warnungen‹ – oder Mahnungen, was ich nicht mehr genau weiß – ›Ich kann nicht aussprechen, wieviel ich Ihnen schuldig bin. Die Welt kann Ihnen nicht vergelten, was Sie an Ihrem Schüler getan haben.‹ *Er zieht ein großes Taschentuch heraus und weint.* Nun wurde er still, sprach nur noch die Worte: ›Müde, recht müde, muß noch eine große Reise machen.‹ Legte sich dann auf die rechte Seite und starb.

FRAU MEYER Er sagte auch noch: ›Viele Katzen sind der Maus Tod.‹ Und kurz darauf: ›O Mutter, Mutter, sehr viel Arbeit, viel schreiben und alles mit Bleistift.‹

FUHRMANN Er äußerte auch, wie ich deutlich hörte: ›Was mit Bleiweiß geschrieben ist, kann man nicht lesen.‹ Und: ›Ach Gott, wie muß ich abziehen mit Schand und Spott.‹

WIRT Der Punsch!

Der Schankbursche geht mit einem Tablett gefüllter Punschgläser herum und serviert jedem ein Glas. Gäste aus Nürnberg, das ist schön, willkommen die Herrschaften.

STICHANER Als Regierungspräsident danke ich Ihnen im Namen der bayerischen Regierung für Ihre Teilnahme an der Beerdigung.

BINDER Als erster Bürgermeister von Nürnberg, der Stadt, in der Kaspar Hauser gewissermaßen zum zweitenmal geboren wurde, war es mir eine selbstverständliche Pflicht. Auch für meine Frau. Herr Ratsakzessist von Tucher und Herr Gymnasial-Professor Daumer haben uns ebenfalls begleitet. Ratsakzessist von Tucher war einige Zeit der Vormund unseres Kaspar Hauser, und Herr Professor Daumer hat ihn in Nürnberg unterrichtet, bevor er in die fürsorglichen Hände von Herrn Oberlehrer Meyer und seiner verehrten Gattin hier in Ansbach überging. Darf ich mir gestatten bei dieser Gelegenheit – *er nimmt ein Glas* Gnädige Frau, Herr Regierungspräsident, Herr Appellationsgerichtspräsident, Herr Gendarmerieoberleutnant.

Alle trinken.

FRAU STICHANER Welch ein Schicksal. Ist es nicht traurig? Von Kindheit an wie ein Tier einsam gefangengehalten, auf die heilloseste Weise von aller menschlichen und gesellschaftlichen Bildung gewaltsam entfernt, ein halbwilder Mensch.

TUCHER Und nun ist er tot. Stand da wie aus den Wolken gefallen unter uns, und nun ist er tot.

FEUERBACH Nicht zu bezweifeln. Das eine wie das andere.

FRAU MEYER Das Kind Europas.

FRAU BINDER Hat der Stadt Nürnberg auch ganz schön Geld gekostet, das Kind Europas. Hat sogar Reitunterricht bekommen.

HICKEL Haben Exzellenz Feuerbach eine Meinung zu dem Fall?

FEUERBACH Allerdings, mein Lieber, allerdings.

BINDER Zur Geburt oder zum Tod?

FEUERBACH Zu beidem.

STICHANER Das gehört wohl nicht hierher.

HICKEL Und was hört man aus der Schankstube? Reden die Leute?

WIRT Die Leute reden übers Wetter. Es ist kalt.

HICKEL Und der Schankbursche? Redet der auch?

WIRT Der sagt nie etwas. Der ist stumm.

HICKEL Und denkt sich sein Teil. Oder?

WIRT Denken tut er auch nicht. Der weiß gar nicht, was das ist. Grad vorhin hab ich ihm gesagt, er soll endlich mal mit dem Denken anfangen.

HICKEL Und was denken Sie vom Kaspar Hauser?

WIRT Den Kaspar Hauser kenn ich nicht. Der war nie hier. Das überlaß ich alles den Herrschaften, die den Fall beherrschen. Aber der Punsch ist gut und den Herrschaften zu empfehlen.

HORLACHER Tragisch das Ende des armen Kerls. Mit seiner Ermordung mußte er beweisen, daß er Kaspar Hauser war. Ich als Skeptiker, der immer nur die Widersprüche gegeneinanderhält, weigerte mich immer, ein Urteil zu fällen. Daß der große Haufen zu allem ja oder nein sagt, versteht sich von selbst. Aber gegen das Urteil der Menge kann man gleichgültig sein.

HICKEL Was wollen Sie damit sagen?

HORLACHER Ach, eigentlich sehr wenig.

HICKEL Nun, vielleicht ist es einerseits auch ganz gut, daß die Geschichte vorbei ist. Da wäre noch gottweißwas draus geworden.

DAUMER Darum hat man ihn auch ermordet.

FEUERBACH Und wer weiß, was daraus noch wird.

STICHANER Falls man ihn ermordet hat.

TUCHER Ist er nun ermordet worden oder nicht?

HICKEL Haben Sie einen Mörder oder nicht?

HORLACHER Verbrecher fängt man hierzulande ungern. Unsere Polizei ist mehr auf die Verfolgung anderer Dinge spezialisiert.

HICKEL Die Polizei hat es hierzulande sehr schwer. Die Ordnung fehlt. In den einfachen Wirtshäusern werden nicht mal Fremdenbücher geführt. Die Polizeidiener verstehen sich mehr darauf, Bier für den Magistrat zu holen und Botengänge zu verrichten, als Streife zu gehen.

TUCHER Er hatte mal einen Traum von einem Schloß mit einem Wappen.

HICKEL Wer?

TUCHER Der Kaspar.

HICKEL Na sehen Sie, das ist schon wieder ganz unwichtig. Das bringt die Ermittlungen gleich in eine falsche Richtung. Daraus entstehen nur wieder Gerüchte.

FEUERBACH Die Juristen zählen auch Gerüchte zu den Indizien von Verbrechen. Es gibt Zeiten, in denen nur Gerüchte die Wahrheit weitergeben.

STICHANER Also das gehört nun wirklich nicht hierher. Ich verstehe Sie nicht.

KOLB Wechseln wir das Thema. Ich glaube, der Punsch ist wirklich ganz gut.

FRAU STICHANER Setzen Sie sich zu mir, Herr Oberleutnant?

HICKEL Gerne, Gnädigste.

Sie legt die Hand vertraulich auf seinen Arm. Er geleitet sie zum Tisch. Alle setzen sich nach und nach. Wirt und Schankbursche bedienen die Gäste ad libitum. Vorgeschlagene Sitzordnung: 1. Tisch rechts vom Ofen: Feuer-

bach, Frau Stichaner, Herr Stichaner, Hickel, Kolb. 2. Tisch links vom Ofen: Fuhrmann, Dr. Horlacher, Frau Meyer, Herr Meyer. 3. Tisch links vom Ofen: Binder, Frau Binder, Tucher, Daumer.

DAUMER *vor dem Bild Kaspar Hausers* Dieses Bild ist ihm zwar sehr ähnlich, zeigt aber nur den heiteren, freundlich lächelnden Kaspar. Seitdem hatte er sich sehr verändert. In seinem Geist regte sich nichts mehr von Genialität. Der Eifer, womit er anfangs alles wissen wollte, war längst erloschen. Die fast übernatürliche Schärfe seiner Sinne war auf das gewöhnliche Maß herabgesunken. Nichts Außerordentliches war mehr an ihm als das Außerordentliche seines Schicksals und seine unbeschreibliche Güte und Liebenswürdigkeit.

MEYER Sie als Professor sehen das vielleicht anders. Aber ich kann mir nicht helfen, Hausers Anlagen waren doch sehr mittelmäßig. In eineinhalb Jahren konnte er nicht so lesen wie ein siebenjähriges Kind, das ein Jahr lang eine deutsche Volksschule besucht hat. Er hatte keine Ausdauer. So mußte man den Zeichenunterricht aufgeben, weil er keine Lust zum Zeichnen hatte. Bemerkungen von meiner Seite, daß das Zeichnen zur allgemeinen Bildung gehöre, daß man zeichnen müsse, um sein Auge zu üben, seinen Geschmack zu bilden, fanden bei ihm kein Gehör. Auch das orientalische Malen legte er wieder beiseite. Es war nicht immer leicht, ihm das Wahre und Nützliche begreiflich zu machen. Im Schönschreiben hielt er selten länger als acht Tage aus, das langsame Schreiben war ihm lästig, und ich hatte mich umsonst abgemüht. Er hatte sich nichts von dem Zügigen angeeignet, was ich in meiner Schrift habe. Als er zu mir kam, rechnete er die vier Grundrechnungen noch nicht mit Sicherheit. Eine Null konnte ihm unüberwindliche Schwierigkeiten machen. Und nun waren wir mit der Lehre von den Brüchen, von den Verhältnissen und Proportionen, von der einfachen und zusammengesetzten Proportionalrechnung und dem Kettensatz durch. Den deutschen Kasus wußte er durchgehend zu setzen, den Modus und die Tempora der Verba gebrauchte er in der Regel richtig, und die Sätze und ihre Verbindungen kannte er so weit, daß er den Punkt, das Komma, Anführungs-, Frage- und Ausrufezeichen genau, und selbst das von Sprachkennern so verschieden in Anwendung gebrachte Semikolon richtig zu setzen wußte.

STICHANER Man durfte ihn durchaus zu den gesitteten Menschen von Lebensart rechnen. Sein Leben war nun das gewöhnliche anderer Menschen.

FRAU STICHANER Er sprach oft von seinen künftigen Lebensplänen, wie er sich einrichten würde, wenn er einmal etwas Rechtes gelernt habe und Geld verdiene, und wie er es mit seiner Frau halten wolle, die er als einen notwendigen Hausrat betrachtete.

Alle lachen höflich.

TUCHER Aber er hatte immer noch Angst. Er hatte Angst, über einen See zu rudern. Ich mußte ihn zwingen. Er hatte Angst, in Nürnberg in eine Kirche zu gehen.

HORLACHER Das letztere hat sich in Ansbach gegeben.

FUHRMANN Der gestirnte Himmel über ihm hat einen unbeschreiblichen Eindruck auf ihn gemacht.

HORLACHER Ja, er brachte eine von jedem Aberglauben freie Seele mit auf die Welt. Er war jetzt ein frommer Mensch und sprach mit Andacht von Gott.

FUHRMANN Ich weiß, das paßt Ihnen nicht, aber das tat er. Seine Konfirmation war sehr feierlich. Ich bemerkte Ernst und stilles Nachdenken an ihm und eine gewisse Verklärtheit seines Gesichts, woraus ich entnahm, daß ihm die christliche Wahrheit zu Herzen gegangen war.

MEYER Ich konnte nur mit einstimmen, als Exzellenz Feuerbach den Entschluß faßte, ihn die Schreiberei lernen zu lassen. Dabei hätte er immer seine regelmäßige Beschäftigung gefunden und wäre von den Torheiten abgehalten worden, in die der Unbeschäftigte so leicht verfällt. Es war ihm die Möglichkeit gegeben, sich durch Fleiß zu einem brauchbaren Kanzlisten auszubilden.

KOLB *liest aus einem Brief vor* Zufriedenheit ist die größte Wundertäterin. Sie verwandelt Wasser in Wein, Sandkörner in Perlen, Regentropfen in Balsam, die Armut in Reichtum, das Kleinste ins Größte, das Gemeinste ins Edelste, die Erde in ein Paradies. Schön ist das Herz, das in all seinen Regungen mit sich selbst im reinsten Einklang bleibt, schön ist das Leben, dessen Taten untereinander vollkommen übereinstimmen. Kaspar Hauser.

Pause. Ein dröhnendes Gelächter ertönt aus der Schankstube. Stille.

FRAU MEYER Das ist zwar ein schöner Text, aber so ohne Fehl und Tadel war unser Kaspar auch nicht.

FRAU BINDER Ich weiß ja nicht, wie er sich hier in Ansbach gab, aber in Nürnberg –

BINDER Er ist tot. Laß es gut sein.

FRAU BINDER Ich glaube, man muß das auch einmal sagen.

BINDER Nun ja, in der ersten Zeit hatte er ein wahrhaft heiliges Wahrheitsgefühl. Nichts konnte ihn mehr empören als eine Lüge. Als ich in Hausers Gegenwart den

Bedienten befahl, mich vor einem lästigen Besucher zu verleugnen, sagte Hauser verwundert: ›Aber Herr Bürgermeister, das ist ja nicht wahr, Sie sind ja zu Haus.‹ Allmählich nahm er dann eine sehr bedauerliche Richtung zur Unaufrichtigkeit.

FRAU BINDER Hauser war das Schoßkind Nürnbergs, aber Lob und Schmeichelei von allen Seiten trugen zu seinem Verderben bei. In diesem verdorbenen Zustand nahmen wir ihn aus reinstem Mitgefühl und, Gott weiß es, ohne irgendeine Nebenabsicht in unsere Familie auf. Er wurde von uns wie ein Kind geliebt und behandelt. Wieviel bittere Stunden er uns durch seine Lügen bereitete, davon spricht freilich kein öffentlicher Bericht.

FRAU MEYER Sie haben da, weiß Gott, recht, Frau Bürgermeister. Hauser besaß wenig gute Eigenschaften, auch wenn ihn die vornehme Oberflächlichkeit einen lieben Menschen nannte. Ich könnte manches sagen, muß es aber hier unterlassen. So viel darf ich aber noch sagen, daß es meinem Mann sehr schwerfiel, bei der Geradheit seines Charakters, diese Verkehrtheiten mitansehen zu müssen.

FRAU STICHANER Man könnte ja fast glauben, daß die vornehme Oberflächlichkeit, wie Sie sich auszudrücken belieben, eine Schlange an Ihrem Busen nährte. Hauser verkehrte ständig in unserem Haus. Ich kannte ihn genauso gut wie Sie. Aber ich muß sagen, ich verstehe Ihre Vorwürfe überhaupt nicht.

MEYER Ein Beispiel. Nur ein Beispiel, Frau Regierungspräsidentin.

WIRT Noch ein Glas Punsch gefällig?

MEYER Nur zu. Ich fragte ihn vor zwei Wochen abends

nach Tisch, ob er seine Lateinübersetzung für morgen schon fertig habe. Hauser erwiderte mit gezwungener Freundlichkeit: ›Ja, schon ganz bin ich damit fertig.‹ Ich ließ ihn auf sein Zimmer gehen. Fünf Minuten darauf nahm ich mein lateinisches Elementarbuch, ging ihm nach und fragte ihn, wie er übersetzt habe. Hauser konnte kaum ein Wort zum anderen bringen und äußerte: ›Ich habe ja erst präpariert, übersetzen will ich jetzt.‹ Ich: ›Sie kennen doch das Sprichwort, wer einmal lügt, dem glaubt man nicht, und wenn er auch die Wahrheit spricht. Schämen Sie sich vor mir und vor jedem redlichen Menschen, wenn Sie sich nicht mehr vor sich selber schämen können.‹ Hauser fing an zu weinen und bat, ich möchte es ihm immer gleich sagen, wenn ich eine Lüge bemerkte.

Betretenes Schweigen. Meyer, der sich ziemlich erregt hat, trinkt sein Glas in einem Zug aus.

FEUERBACH Herr Wirt, nach dieser Schulstunde brauche ich dringend ein neues Glas Punsch.

KOLB Darf ich mich da anschließen.

HORLACHER Ja, er besaß einen trockenen, aber kerngesunden Menschenverstand und konnte damit so manchen gelehrten Schulfuchs beschämen.

TUCHER Und wer ihm Unrecht tat, der durfte nicht erwarten, daß er sich aus Gefälligkeit fügte.

Stille.

WIRT *läuft geschäftig umher* Punsch, Junge, Punsch.

Frau Binder steht auf und setzt sich zu Frau Meyer. Beide tuscheln miteinander. Aus der Schankstube laute Stimmen.

HICKEL Was ist denn da in der Schankstube los?

WIRT Eine Geburtstagsfeier.

FRAU STICHANER Wer – wenn man fragen darf?

WIRT Ein paar Handwerksburschen.

HICKEL Handwerksburschen?

STICHANER Eine Versammlung?

WIRT Davon weiß ich nichts.

Pause.

FUHRMANN Er war an dem Tag, an dem er verwundet wurde, noch bei mir.

HICKEL Wollen Sie damit etwas Bestimmtes andeuten?

FUHRMANN Ich will nichts Bestimmtes andeuten.

HICKEL Es hat also nichts zu bedeuten?

FUHRMANN Nein, es hat nichts zu bedeuten.

HICKEL Was wollten Sie denn damit sagen?

FUHRMANN Nichts, ich wollte eigentlich gar nichts sagen.

HORLACHER Ob der Herr Pfarrer ihn umgebracht hat? Ich sehe ihn oft mit einem seltsamen Gerät durch die Straßen rennen.

FUHRMANN Ihr Ärzte seid alle Atheisten.

HORLACHER Gott gebe es. Nehmen Sie eine von meinen Zigarren?

Fuhrmann nimmt eine Zigarre an.

HICKEL Einzelne Äußerungen Hausers sind sehr unbestimmt. Vor allem der Satz: »Warum sollte ich Zorn oder Haß auf die Menschen haben, man hat mir ja nichts getan.«

FUHRMANN Hauser war außerordentlich gutmütig und urteilte besonders nachsichtig über diejenigen, von denen er sich gekränkt oder beleidigt fühlte.

HICKEL Sie erklären sich hiernach jene Äußerung Hausers durch die Annahme einer Abweichung desselben von der Wahrheit in der Absicht, jemanden zu schonen? Haben Sie im Umgang mit Hauser dergleichen Abweichungen von der strengen Wahrheit vielleicht mehrmals und immer in guter Absicht oder auch aus anderen Motiven wahrgenommen?

FUHRMANN Ich verstehe nicht.

KOLB Lassen Sie sich nicht in die Enge treiben, Herr Pfarrer. Lassen Sie sich auf keine Beantwortung einer General- oder Spezialfrage ein. Berufen Sie sich auf Teil 2, Titel 2, Kapitel 1, Artikel 62 des Königlichen Strafgesetzbuches.

HORLACHER Nun, Herr Bürgermeister, auch eine von meinen Zigarren?

BINDER Mit Dank. *Er nimmt eine.*

HORLACHER Sie geben ordentlich Dampf. Vielleicht können Sie den gebrauchen, für Ihre Eisenbahn.

BINDER Wir haben nicht vor, mit Zigarren zu heizen.

HORLACHER Vielleicht mit heißem Punsch?

BINDER Auch nicht.

HORLACHER Wann fährt sie denn? Oder fährt sie am Ende doch nicht, Ihre Eisenbahn?

BINDER Wir haben den Verkehr zwischen Nürnberg und Fürth genau untersucht. Er ist von einem Ausmaß, daß die Rentabilität gesichert ist. Wir rechnen im ersten Betriebsjahr mit einer Dividende von zwanzig Prozent.

MEYER Zwanzig Prozent? Das läßt sich hören.

FRAU MEYER Willst du etwa eine Aktie zeichnen?

MEYER Zwanzig Prozent.

FRAU STICHANER Müssen wir jetzt über diese Verkehrsmittel reden?

HORLACHER Man redet ja vorerst nur über die Dividende.

DAUMER Eine Neuheit ohne Sinn und Verstand. Denkt kein Mensch daran, wie gefährlich so ein Dampfkessel ist?

BINDER Ich kann ehrlich versichern, die Dampfmaschine ist das unschuldigste und gefahrloseste Kind der Welt.

FRAU STICHANER Und der Schmutz und der Gestank und der Lärm? Die Stadt wird ja unbewohnbar.

KOLB Das halte ich für übertrieben.

DAUMER Und was ist, wenn der Kessel zerspringt?

BINDER Der Kessel kann nicht zerspringen.

TUCHER Wer garantiert das?

BINDER Es gibt eine staatliche Dampfkesselaufsicht, die alles kontrolliert.

MEYER Und wenn der Kessel trotzdem explodiert?

BINDER Der Kessel kann nicht explodieren. Er hat ein Sicherheitsventil. Bei Überdruck im Kessel entweicht der Dampf durch dieses Sicherheitsventil.

HICKEL Wär schön, wenn es das auch in der Politik gäbe, was?

Gelächter. Er steht auf und geht zur Toilette.

Staatliche Dampfkesselaufsicht mit Sicherheitsventil.

Gelächter.

HORLACHER Wenn ihr der Dampf ausgeht, wird sie schon von selbst stehenbleiben. Mit Dampf fahren, haben Sie so etwas schon mal gehört? *Er bläst den Rauch seiner Zigarre seinem Tischnachbarn ins Gesicht* Ein Dampf-Zug. *Gelächter* Mit einem Dampf-Roß. *Gelächter* Und schneller als eine Postkutsche. *Gelächter.*

BINDER Die Postkutsche fährt weniger als eine Meile in der Stunde. Die Eisenbahn erreicht mühelos sieben Meilen.

HORLACHER Was kann wohl lächerlicher und alberner sein, als das Versprechen, eine Lokomotive für die siebenfache Geschwindigkeit der Postkutsche zu bauen? Ebenso gut könnte man glauben, daß sich die Einwohner von Nürnberg auf einer Rakete abfeuern ließen, als daß sie sich einer solchen Maschine anvertrauen würden.

BINDER Es wird ein gemischter Betrieb, teils Pferde- teils Dampfbahn. Wir möchten allen Fahrgästen entgegenkommen, die sich einer Lokomotive noch nicht anvertrauen wollen.

FUHRMANN Kann mir keine große Seligkeit davon versprechen, ein paar Stunden früher von Nürnberg in Fürth zu sein.

BINDER Wenn ich den Herrschaften einmal unseren Zeichnungsprospekt überreichen darf? *Während er den Prospekt verteilt* Man betrachte den soliden Bau der Bahn und die eleganten Passagierwagen. Die Lokomotive liefert Herr Stephenson aus England. Wir nehmen auch einen englischen Wagenlenker. Die Passagierwagen fassen etwa 200 Personen, die in neun Minuten eine Strecke von fast einer Meile zurücklegen.

FRAU MEYER Die meisten Leute sind trotzdem der Ansicht, daß die Eisenbahnen gefährlich sind und viel zu kostspielig.

FRAU STICHANER Kostspielig ginge ja noch an, gefährlich finde ich, daß man gezwungen wird, mit Gevatter Schneider und Handschuhmacher zu fahren. Früher hatte man seinen Reisewagen. Aber jetzt, wenn man auch noch so teuer ein Coupé mietet, man muß anhalten, wenn die Menge anhält, man muß fahren, wenn die Menge fährt.

BINDER Es wird eine erste, zweite, dritte und vierte Klasse eingerichtet.

FEUERBACH Und wenn die vierte Klasse hält, muß auch die erste halten.

STICHANER Und wenn die erste Klasse hält, muß auch die vierte halten.

FUHRMANN Und der Staat, was tut er? Er begünstigt noch diese teuflische Erfindung.

FRAU MEYER Was wird der König dazu sagen?

KOLB Er wird seine Soldaten verladen und hin und her kutschieren.

TUCHER Das sind doch Hirngespinste. Das ist doch gegen jede Vernunft. Wie soll ein Dampfwagen so viele Wagen mit so vielen Menschen ziehen?

FUHRMANN Wo soll überhaupt dieser ganze Dampf herkommen?

HORLACHER Und unsere Pferde? Soll man die jetzt alle auf Gnadenbrot setzen?

DAUMER Eine technische Spielerei. Eine Mode, die man schnell wieder vergessen wird.

FEUERBACH Daß Sie sich da nicht täuschen, meine Herren. Die Eisenbahn wird fahren, unaufhaltsam, und alle Staatsschranken werden vor ihr fallen. Genauso wie in 10 Tagen alle Zollschranken fallen. Ob es uns paßt oder nicht. Kaum einer hat es gewollt. Keiner hat es sich vorstellen können. Aber es ist doch dahingekommen.

FRAU BINDER Auf unserer Fahrt hierher sahen wir überall lange Kolonnen hochbeladener Frachtwagen, die nur darauf warten, daß Silvester um Punkt zwölf sich die Schlagbäume öffnen.

BINDER 38 Zollinien lähmen in Deutschland den Verkehr. Um von Hamburg nach Österreich, von Berlin in die Schweiz zu handeln, hat man 10 Staaten zu durchfahren,

10 Zoll- und Mautordnungen zu studieren, zehnmal Durchgangszoll zu bezahlen.

HICKEL *kommt aus der Toilette. Auf der Treppe stehend knöpft er seine Uniformjacke zu* Der deutsche Bund besteht aus einem Kaiserreich, fünf Königreichen, einem Kurfürstentum, sieben Großherzogtümern, dreizehn Herzogtümern, einer Landgrafschaft, zehn Fürstentümern, sowie vier freien Städten. Und diese zweiundvierzig deutschen Staaten sind alle völlig souverän.

FEUERBACH Wenn da erst einmal die Eisenbahn durchbraust. Mit Dampf und sieben Meilen, und erster, zweiter, dritter und vierter Klasse.

Gelächter aus der Schankstube.

FRAU STICHANER Und die vierte Klasse macht sich schon ganz schön bemerkbar. Sie sitzt einem ja geradezu im Nacken.

STICHANER Hickel!

HICKEL Herr Generalkommissär?

STICHANER Kontrollieren Sie mal die Wanderbücher dieser Handwerksburschen.

HICKEL Zu Befehl. *Ab in die Schankstube.*

Pause.

HORLACHER Meinen Sie, da sitzt der Mörder von Kaspar Hauser?

STICHANER Ein rein ordnungspolitischer Vorgang. Eine Kontrolle beweist, daß kontrolliert wird, und das sollte jeder wissen.

Pause. Eine Girlande löst sich an einem Ende und fällt auf Frau Stichaner.

FRAU STICHANER *fährt hoch* Mein Gott, hab ich mich erschrocken. Ein eigenartiger Trauerschmuck, den Sie da haben.

WIRT Pardon Gnädigste, noch vom Hochzeitsball der Frau Geheimrat.
Er schiebt die Tischdecke beiseite, steigt auf den Tisch und befestigt die Girlande.
DAUMER Hochzeitsball und Beerdigungsfeier. Die Feste des Lebens sind sich doch sehr ähnlich.
FEUERBACH Und erstmal das Leben.
HORLACHER Da sagen Sie was.
FUHRMANN Man kann es auch anders sehen.
TUCHER Man muß es sogar anders sehen.
KOLB Und wie?
TUCHER Was?
KOLB Das Leben.
MEYER Das Leben, meine Herrschaften. Das Leben –
HILTEL *kommt durch die Tür, die zur Schankstube führt* Kaspar Hauser?
WIRT Hier wird nicht ausgeschenkt. Von wegen Kaspar Hauser. Raus.
HILTEL Ich bin sein Wärter.
WIRT Was bist du?
HILTEL Er war bei mir im Turm. In Nürnberg.
BINDER Ach Hiltel. Kommen Sie her, setzen Sie sich. Ein Glas, Herr Wirt. Der gute Hiltel.
HILTEL Herr Bürgermeister. *Er verbeugt sich* Die Beerdigung war schon vorbei. Ich kam zu spät.
BINDER Wir nehmen den Willen für die Tat.
HILTEL Es sind ja alle da. *Er verbeugt sich* Auch der Herr Gerichtspräsident. Und der Herr Regierungspräsident.
STICHANER Sagen Sie, Hiltel, Sie haben ihn doch eigentlich als erster damals in Nürnberg gesehen. Ich meine, richtig gesehen. Er hat die erste Zeit bei Ihnen auf dem

Turm verbracht. Sie wissen, viele Leute halten ihn für einen Betrüger. Glauben Sie, daß er ein Betrüger war?

HILTEL Der Kaspar? Niemals.

STICHANER Wieso sind Sie da so sicher?

HILTEL Der Herr Regierungspräsident soll nur einmal die Probe machen und als verstellter Spitzbube zu mir kommen. Ich stehe dafür, daß ich ihn entlarven werde. *Gelächter* Ich habe mit den abgefeimtesten und verstocktesten Spitzbuben und Bösewichtern zu tun gehabt. Ich habe den Kaspar Tag und Nacht beobachtet und nie auch nicht das mindeste Verdächtige bemerkt. Wer ihn freilich erst später kennengelernt hat, als er schon kultiviert war, der kann wohl denken, daß ein Betrug vorliegt. Als er einige Zeit hier war, war er nicht mehr so gut und liebenswürdig wie bei seiner Ankunft. Er kam halt so in die gewöhnlichen Weltfehler.

HORLACHER Daß er nicht an Gott glaubte, ist der beste Beweis, daß er kein Betrüger war.

FEUERBACH Man muß ihn gekannt haben, um zu beurteilen, ob von einem unmündigen Knaben ein Selbstmord der raffiniertesten Art zu erwarten ist, oder man ist zu der Annahme berechtigt, daß Hauser nicht nur als politisches, sondern auch als psychologisches Rätsel die Welt verlassen hat.

STICHANER Politisches Rätsel? Wie darf man das verstehen?

FEUERBACH So wie Sie es verstehen.

STICHANER Lieber Feuerbach –

FEUERBACH Das gehört nicht hierher. Ich weiß.

DAUMER Müssen wir jetzt wieder das Thema wechseln?

TUCHER Wieso? Ich habe das gar nicht verstanden. Was war denn?

HORLACHER Es ging darum, daß Kaspar Hauser nicht nur als politisches, sondern auch als psychologisches Rätsel die Welt verlassen hat.

MEYER Das versteh ich jetzt auch nicht.

STICHANER Ich glaube, wir sollten wirklich das Thema wechseln.

FEUERBACH Rätselhafte Zeiten, in denen man einen Kretin zum gebildeten Menschen macht und Hunderte von gebildeten Menschen zu Kretins.

STICHANER Auf ein Wort, lieber Feuerbach. *Beide stehen auf und gehen in eine Ecke* Ich wäre Ihnen sehr verbunden, wenn Sie das Gespräch nicht auf Ihren Sohn brächten. Nicht in meiner Gegenwart.

FEUERBACH Die meisten wissen es.

STICHANER Das schon. Aber von sich aus wird keiner davon anfangen.

FEUERBACH Nicht in Ihrer Gegenwart.

STICHANER Wenn Sie es nicht tun.

FEUERBACH *schweigt.*

Sie gehen an den Tisch zurück und setzen sich. Es ist sehr still im Raum.

HORLACHER Was macht Ihr Sohn? Geht es ihm besser?

FEUERBACH Es geht ihm besser.

KOLB Ist wohl auch kein Thema?

STICHANER Ein unerwünschtes Thema.

HORLACHER Ich habe nur als Arzt gefragt.

FRAU BINDER *zu Feuerbach* Ist Ihr Sohn krank?

BINDER Ja, er hat Mumps. Kannst du nicht über etwas anderes reden?

FRAU BINDER Ich dachte –

KOLB Themawechsel!

FRAU STICHANER Ich möchte nur wissen, was die Presse noch aus dem Fall macht.

KOLB Welchen Fall meinen Sie jetzt?

FRAU STICHANER Kaspar Hauser.

KOLB Sie werden es ja lesen.

STICHANER Was werden wir lesen?

KOLB Alles, was die Zensur erlaubt.

TUCHER Veröffentlichen Sie doch ein Buch über den Fall. Der Fall ist doch interessant.

KOLB Die Welt schläft, und kein Mensch will Bücher kaufen.

DAUMER Wer mag schon Bücher lesen, die mit hochobrigkeitlicher Erlaubnis gedruckt sind.

STICHANER Die Zensur überwacht nur Schriften bis 320 Seiten. Schriften über 320 Seiten unterliegen nicht der Zensur.

KOLB Nein, sie werden ganz ohne Zensur verboten.

STICHANER Verboten vielleicht, aber nicht zensiert. Bleiben wir doch bei der Wahrheit. Sind Sie froh, daß es die Zensur gibt. Die Zensur nimmt die Presse nur in ihren Schutz. Paragraph 7 Absatz 2 besagt: ›Verfasser, Herausgeber und Verleger bleiben, wenn sie den Vorschriften gemäß gehandelt haben, von aller weiteren Verantwortung frei.‹

KOLB Der Paragraph 7 hat auch noch einen Absatz 1, und der besagt: ›Wenn eine Zeitung oder Zeitschrift unterdrückt worden ist, so darf der Redakteur derselben binnen 5 Jahren in keinem Bundesstaat bei der Redaktion einer ähnlichen Schrift zugelassen werden.‹ Und 5 Jahre sind eine lange Zeit.

STICHANER *steht auf* Meine Herren, Sie wissen, ich bin für

Kritik und offenes Wort. Wenn Sie sich aber durchaus über die Zensur unterhalten wollen, dann tun Sie das bitte während meiner Abwesenheit. Ich ziehe es vor, ein wenig an die frische Luft zu gehen.

HORLACHER Das ist sehr nobel.

STICHANER *geht zur Schankstubentür, öffnet sie und ruft* Hickel!

HICKEL *kommt aus der Schankstube und schließt die Tür* Herr Generalkommissär.

STICHANER Auf ein Wort.

Sie gehen beide durch den Haupteingang in den davorliegenden Flur. Die Tür bleibt geöffnet. Man sieht, wie sich beide unterhalten.

HORLACHER Meine Herrschaften, die Zensur und die Polizei sind außer Hörweite. Die gnädige Frau Regierungspräsidentin ist so charmant, nicht so genau hinzuhören. Ich glaube, wir sind in der angenehmen Lage, die Wahrheit sagen zu dürfen. Die Wahrheit und nichts als die Wahrheit.

FRAU BINDER Ich sage immer die Wahrheit.

KOLB Ich hab mich schon so an die Zensur gewöhnt, wenn ich denke, kann ich nur noch denken, was die Zensur darüber denkt. Ohne Zensur fällt mir rein gar nichts mehr ein.

FEUERBACH Wenn man dazu noch bedenkt, daß die Wahrheit hierzulande mindestens 320 Seiten lang ist.

BINDER Das macht uns so leicht keiner nach.

FRAU STICHANER *zu Kolb* Sie wissen sich da anscheinend ganz gut zu helfen. Die Buchstaben in Ihren Büchern werden neuerdings immer größer und die Vorworte und Nachworte immer länger.

MEYER Das sind einige Nachteile, die die Vorteile der Zensur nicht aufheben. Man weiß, was man liest. Vorher wußte man es nicht. Irgendeiner schrieb etwas, und man las es. Jetzt ist es amtlich.

FRAU MEYER An die Zensur hat sich jeder gewöhnt, man bemerkt die Striche ja gar nicht.

FUHRMANN Und da es verboten ist, die Zensurlücken unbedruckt zu lassen, erfährt der Leser nicht einmal, daß er nichts erfährt.

FRAU STICHANER Sie sagen ja gar nichts, lieber Feuerbach.

FEUERBACH Vielleicht habe ich es zensiert.

KOLB Dann müssen Sie pausenlos reden, zensierte Stellen dürfen nicht frei bleiben. *Gelächter.*

MEYER Zensur hin, Zensur her, bei mir schlägt der Punsch durch.

FRAU MEYER Trink nicht soviel von dem Zeug, du verträgst es nicht.

MEYER Deswegen bring ich es ja weg. *Er steht auf und geht zur Toilette.*

DAUMER Dürfen wir uns anschließen? Wir haben das gleiche Problem.

MEYER Die Herren sind mir an jedem Ort willkommen. *Daumer und Tucher gehen mit.*

FRAU STICHANER Ich finde die österreichische Lösung sehr gut. Die Unterscheidung zwischen den absolut verbotenen ausländischen Geisteswerken – damnatur – und solchen, die den Gebildeten, gegen die ausdrückliche Zusicherung, sie nicht weiterzugeben – erga schedam – gestattet wird.

MEYER Ist hier ja nicht durchzuführen. Heine und Börne lassen sich in Paris nieder, und sobald sie sicher vor der deutschen Polizei sind, schreiben sie aus ihrem sicheren Versteck über die Deutschen.

DAUMER Hier säßen sie im Gefängnis und würden nichts schreiben.

MEYER Eben. Deswegen ist das, was sie im Ausland schreiben, keinen Heller wert. Weil es hier verboten wäre. Was soll ich von einer Schrift über Deutschland halten, die in Deutschland gar nicht geschrieben werden könnte.

TUCHER Das ist wahr. *Sie gehen zur Toilette.*

Ein Mann kommt aus der Schankstube und nimmt schweigend vier Stühle. Alle schauen erstaunt.

WIRT He! Was soll das?

MANN Wir brauchen noch Stühle. *Er geht mit den Stühlen in die Schankstube, Stichaner und Hickel kommen wieder herein, bleiben aber stehen. Fuhrmann bemerkt sie bei seiner Rede zunächst nicht.*

FUHRMANN Die Wahrheit. Das ist so eine Sache. Es fehlt nirgends an Autoritäten für die Gottlosigkeit und Sittenlosigkeit. Und es ist natürlich, daß der charakterlose Teil der Jugend sich dadurch verführen läßt. Haben Sie diese Grundsätze der Burschenschaft gelesen? Ein Deutschland ist, und ein Deutschland soll sein und bleiben. Der Wille des Fürsten ist nicht Gesetz des Volkes, sondern das Gesetz des Volkes soll Wille des Fürsten sein. Freiheit und Gleichheit ist das Höchste, wonach wir streben. Wirtschaftliche Einheit Deutschlands, Freizügigkeit des Verkehrs, Rechtsgleichheit in allen deutschen Staaten, Abschaffung aller Adelsprivilegien, volle Rede- und Pressefreiheit, politische Rechte des Bürgers sowie Verfassungen.

STICHANER Sie zitieren da einen verbotenen Text.

FUHRMANN Ich mißbillige ihn. Ich zitiere ihn zur Abschreckung.

STICHANER Das ist auch verboten.

BINDER Aber wie soll man denn wissen, was verboten ist, wenn man nicht sagen darf, was verboten ist. Gottverdammtnochmal.

KOLB Herr Metternich hat diesen Text durch seinen Polizeipräsidenten höchstselbst drucken und verteilen lassen.

HICKEL Um zu zeigen, wie verbreitet er ist.

FEUERBACH Und um genügend Beweismaterial in der Hand zu haben, das man verbieten kann, weil es so verbreitet ist.

STICHANER Man muß eingreifen. Die Burschenschaft hat auf dem letzten Burschentag beschlossen: Die Allgemeine Deutsche Burschenschaft solle ihren Zweck, Einheit und Freiheit Deutschlands, auf dem Wege der Revolution erstreben.

FEUERBACH Sie zitieren da einen verbotenen Text.

STICHANER Ich bitte um Entschuldigung. Der Punsch. Ich habe nur in amtlicher Eigenschaft – Ich wollte damit sagen, daß die Texte der Burschenschaft doch sehr gefährlich – das heißt, eine Verbreitung dieser Texte wäre sehr gefährlich – daß ich hier vor allem keine Diskussion über die verbotene Burschenschaft wünsche.

MEYER *mit Tucher und Daumer von der Toilette kommend* Die Burschenschaft will nur die deutschen Staaten in einem revolutionären Chaos untergehen lassen.

TUCHER Ihr Ziel ist die deutsche Einheit und eine demokratisch-republikanische Verfassung.

DAUMER Auf dem Weg friedlicher Reformen.

HICKEL Und das Hambacher Fest? Dreißigtausend Menschen trugen Schwarz-Rot-Gold. Und der Sturm auf die Frankfurter Hauptwache? Man wollte sich des Bundestages bemächtigen, um von dort die deutsche Republik auszurufen.

MEYER Zeiten sind das.

FRAU MEYER Man muß sich manchmal wundern, daß man überhaupt noch lebt.

FUHRMANN Es war ein schlimmes Jahr. Doch man soll die Hoffnung nicht aufgeben.

HORLACHER Ich hab die Hoffnung schon längst aufgegeben.

FRAU BINDER Selbst in den Häusern einiger Bundestagsabgeordneter sind Untersuchungen vorgenommen worden.

FRAU MEYER Man hat ihre Papiere unter Siegel gelegt.

WIRT Nachrichten zufolge, sollen in Deutschland drei geheime Vereine bestehen, der Bund der deutschen Brüder, die Royalisten und die Imperialen.

FEUERBACH Das ist das Ergebnis der Zensur. Wilde Gerüchte, die sich Nachrichten nennen.

STICHANER *schlägt mit der Faust auf den Tisch* Das ist jetzt alles vorbei. Der Frankfurter Aufstand ist niedergeschlagen. Die Redner von Hambach sind festgenommen. *Eine Girlande löst sich und fällt herab.*

WIRT Pardon die Herrschaften, das haben wir gleich. *Er zieht an der Girlande, mit dem Ergebnis, daß alle Girlanden herunterfallen. Die Gäste versuchen, sich von den Girlanden zu befreien, die der Wirt und der Schankbursche einsammeln und aus dem Raum schaffen. Hiltel hat sich während des Durcheinanders auf die Treppe gesetzt und verzehrt dort ein mitgebrachtes Brot.*

FEUERBACH Wollen Sie uns nicht mit einem Ihrer Lieder beglücken?

FRAU STICHANER Ich weiß nicht. Es ist wohl nicht der rechte Augenblick.

FEUERBACH Eben darum. Die Kunst versöhnt das Leben.

HICKEL Stehe immer zur Verfügung.

FRAU STICHANER Wenn Sie meinen.

Alle klatschen, Hickel setzt sich ans Klavier. Frau Stichaner stellt sich daneben. Alle wenden sich ihr zu und sitzen mit dem Rücken zum Publikum. Frau Stichaner singt, begleitet von Hickel, das Lied ›Heideröslein‹ in der Vertonung von Schubert.

FRAU STICHANER

Sah ein Knab ein Röslein stehn,
Röslein auf der Heiden,
War so jung und morgenschön,
Lief er schnell, es nah zu sehn,
Sahs mit vielen Freuden,
Röslein, Röslein, Röslein rot,
Röslein auf der Heiden.

III Straße

Man hört sehr leise den Gesang und das Klavierspiel.

1. ARBEITER *tritt auf, ein Bündel unter dem Arm, schaut sich suchend um, setzt sich dann auf den Boden, schnürt das Bündel auf und ißt ein Stück Speck.*
Pause.

2. ARBEITER *tritt von der anderen Seite auf, bleibt vor dem 1. Arbeiter stehen und horcht* Singt da jemand?

1. ARBEITER *nickt* Hm.

2. ARBEITER Ist das ein Gasthaus?

1. ARBEITER Bin auch fremd hier.

2. ARBEITER *setzt sich zum 1. Arbeiter* Wo man singt, da laß dich nieder.

1. ARBEITER Böse Menschen singen nicht.

2. ARBEITER Nee, die pfeifen sich eins. Gibst du mir ein Stück Speck?

1. ARBEITER *schneidet mit einem großen Messer ein Stück ab und gibt es dem 2. Arbeiter. Beide kauen. Pause.*

STIMME DES 3. ARBEITERS Gibst du mir auch eins?
1. und 2. Arbeiter schauen verwundert nach hinten. Aus dem Dunkel kommt mit einem Bündel und einer aufgeschlagenen Zeitung der 3. Arbeiter, der dort geschlafen hat. Er setzt sich zu ihnen.

1. ARBEITER Viel Speck ist nicht mehr.

3. ARBEITER Ich bin schon vier Wochen unterwegs. Die Leute geben höchstens ein Stück Brot.

1. ARBEITER *schneidet ein Stück ab und gibt es dem 3. Arbeiter. Alle drei essen.*

2. ARBEITER Kannst du lesen?

3. ARBEITER Nein.

2. ARBEITER Und die Zeitung?

3. ARBEITER Die lag da in der Ecke. Hab mich mit zugedeckt.

2. ARBEITER *nimmt die Zeitung, faltet sie sorgfältig und liest darin.*

1. ARBEITER Kannst du lesen?

2. ARBEITER Ja.

1. ARBEITER Wieso?

2. ARBEITER Ich war Drucker.

1. ARBEITER War?

2. ARBEITER Sie stellen jetzt um auf Schnellpresse. Da brauchen sie Maschinisten.

1. ARBEITER Worauf wartest du hier?

3. ARBEITER Es soll eine Eisenbahn gebaut werden.

1. ARBEITER Was ist das?

3. ARBEITER Weiß nicht. Aber es soll Arbeit geben. Und du?

1. ARBEITER Ich geh in die Fabrik.

3. ARBEITER Da hört man nichts Gutes.

1. ARBEITER Es soll schon besser geworden sein. *Pause.* Steht was drin?

2. ARBEITER Ja. *Er liest vor* Um die Leute zu beschäftigen, dürfte die Einführung der Tretmühle in den Arbeitshäusern genügen. Das richtige Material für Arbeiter ist hier nicht vorhanden. Die Leute sind zu genügsam und zu unabhängig. Man müßte englische Arbeiter einführen, aber ein einziger Brief nach England kostet schon einen Gulden Porto.

1. ARBEITER Das versteh ich nicht.

3. ARBEITER Steht da auch was über die Eisenbahn?

2. ARBEITER Ja.

3. ARBEITER Was denn?

2. ARBEITER *liest vor* Die Erfindung der Eisenbahn ist für die Verbindung der Völker von ebenso großer Wichtigkeit wie die Erfindung der Buchdruckerpresse, die den menschlichen Geist in die ganze zivilisierte Welt liefert. Durch die Eisenbahn wird der Verkehr der Menschen und der Austausch der Produkte erleichtert. Die Entfernungen werden kleiner, die Nationen rücken einander näher, und der Mensch bemächtigt sich der Herrschaft über Raum und Zeit.

3. ARBEITER Siehst du, das ist die Eisenbahn. Wenn die erst fährt.

2. ARBEITER Brauchen sie dich nicht mehr. Die Druckpresse läuft jetzt auch ohne mich.

3. ARBEITER Wer hat denn das geschrieben?

2. ARBEITER *schaut in die Zeitung* Die Gründungsgesellschaft für die Errichtung der Eisenbahn.

3. ARBEITER Na siehst du. Dann stimmts auch.

1. ARBEITER Steht da auch was über Fabriken drin?

2. ARBEITER Ja. *Er faltet die Zeitung neu und liest vor* Ein Fabrikant hat seine Dampfspinnfabrik mit einer Gasbeleuchtung und einer Luftwärmeleitung in allen Arbeitsstuben ausgestattet und beides an die Dampfmaschine angeschlossen. Nun kann Tag und Nacht ohne Unterbrechung gearbeitet werden. Die Fabrik ist eine der besten und musterhaftesten ihrer Art.

1. ARBEITER Das wird alles besser, und warum soll es dann nicht für alle besser werden.

4. ARBEITER *tritt auf, geht über die Bühne, wirft einen kurzen Blick auf die drei anderen, geht weiter und ab.*

2. ARBEITER He du!
4. ARBEITER *kommt wieder zurück* He?
2. ARBEITER Wo willst du hin?
4. ARBEITER Amerika.
3. ARBEITER Amerika?
4. ARBEITER Jau.
2. ARBEITER Da sprechen sie amerikanisch. Kannst du Amerikanisch?
4. ARBEITER Alles dabei.
Er holt einen Zettel aus der Tasche und liest vor
Ich höre die Fabriksirene.
Ich muß in die Fabrik.
Ich nehme meine Karte vom Abwesendbrett.
Ich stecke meine Karte in das Anwesendbrett.
Ich begebe mich an meinen Arbeitsplatz.
Das Signal ertönt.
Ich esse mein Mittagsbrot.
Ich kehre an die Arbeit zurück.
Ich arbeite, bis das Signal zum Feierabend ertönt.
Ich lasse meinen Arbeitsplatz aufgeräumt und sauber zurück.
Ich muß nach Hause gehen.
Er steckt den Zettel wieder weg Das ist alles. Mehr braucht man da nicht. Die Leute reden da nicht so viel wie hier.
1. ARBEITER Und wenn du sagst: Die Sonne scheint. Der Himmel ist blau. Die Vögel zwitschern. Ich geh mit meinem Mädchen spazieren.
4. ARBEITER Das heißt da drüben – *Er holt wieder seinen Zettel heraus* Ich stecke meine Karte in das Abwesendbrett. *Er steckt den Zettel wieder ein.*

2. ARBEITER Na dann Gott befohlen.

4. ARBEITER Jau. *Er geht ab.*

3. ARBEITER Was heißt denn dann Gott befohlen?

2. ARBEITER Da werden sie vielleicht doch noch einen Zettel haben.

1. ARBEITER Nach Amerika ging ich nie, wo es jetzt hier besser wird. Ich geh in die Fabrik.

3. ARBEITER Und ich wart auf die Eisenbahn.

1. ARBEITER Und du?

2. ARBEITER Ich muß pinkeln. *Er geht auf die Seite und singt dabei* Die Gedanken sind frei, wer kann sie erraten.

1. ARBEITER Sieht man da was?

2. ARBEITER Ein Fenster. Ist aber ein Vorhang vor.

3. ARBEITER Ich hab Durst.

1. ARBEITER Der Speck.

2. ARBEITER Gehen wir doch rein. *Sie nehmen ihr Bündel unter den Arm und gehen alle ab.*

IV Wirtshaussaal

Alle Personen in der gleichen Position wie vor der Pause.

FRAU STICHANER *singt*

Am Brunnen vor dem Tore,
Da steht ein Lindenbaum;
Ich träumt in seinem Schatten
So manchen süßen Traum.
Ich schnitt in seine Rinde
So manches liebe Wort;
Es zog in Freud und Leide
Zu ihm mich immer fort,
Zu ihm mich immer fort.

Während der letzten Takte wird die Saaltüre hart aufgestoßen. Die drei Arbeiter kommen herein. Sie bleiben zögernd und unsicher im Raum stehen und schauen schweigend auf die Gesellschaft. Die Gesellschaft schaut konsterniert auf die Arbeiter.

WIRT Was ist denn nun los. Der Ausschank ist da drüben. Hier wird nicht ausgeschenkt. Heda, dort ist die Tür zum Ausschank. Entschuldigung, die Herrschaften. *Er drängt die Arbeiter zur Schanktüre, durch die sie abgehen.* Bitte nochmals um Entschuldigung. *Zum Burschen* Daß mir keiner mehr zur Haupttüre hereinkommt. *Zur Gesellschaft* Lassen Sie sich bitte nicht stören.

Die Gesellschaft schaut wieder zum Klavier.

FRAU STICHANER Entschuldigung, aber so geht das wirklich nicht. *Sie geht an ihren Platz zurück.* Wo ist mein Stuhl? *Daumer steht auf und stellt sich an die Theke. Der*

Wirt bringt ihr Daumers Stuhl. Sie setzt sich wieder zu ihrem Mann.

HICKEL Was waren das für Kerle?

WIRT Arbeiter, die von der neuen Eisenbahn gehört haben. Es kommen täglich mehr. Sie suchen Arbeit.

Pause.

FUHRMANN Woher und wohin?

HICKEL *schlägt den Klavierdeckel zu* Keinen Schritt, weder vorwärts noch rückwärts, wie Metternich sagt.

FEUERBACH Und die Eisenbahn fährt mit sieben Meilen.

BINDER Wer im Leben stillsteht, der steht nur scheinbar still, die Wahrheit ist, er geht zurück. Es gibt nur Fortschritt und Rückschritt. Die Zeit der Bequemlichkeit ist dahin. Es lebt sich nicht mehr so leicht. Es ist die Zeit der Anstrengung.

Aus der Schankstube wird die Marseillaise, begleitet von Faustschlägen auf Tischplatten, gegrölt. Hickel springt vom Klavierschemel auf, geht durch den Raum und reißt die Tür zur Schankstube auf. Das Gegröle verstummt. Hickel wirft die Tür wieder zu. Im Hintergrund hört man leises Hämmern.

HICKEL Können Sie die Schankstube nicht räumen?

WIRT Zahlende Gäste, Herr Oberleutnant. Die schmeißen mir die Fenster ein. Das gibt Aufruhr. Wir kämen hier nicht mehr heraus.

HICKEL Mein Stuhl fehlt auch. Wer hämmert denn da?

WIRT Der Knecht wollte den Schweinestall reparieren.

MEYER *steht auf* Mir ist schlecht.

Er zieht seine Jacke aus. Der Wirt gibt Hickel Meyers Stuhl.

FRAU MEYER Benimm dich.

MEYER Der Ofen ist zu warm.

FRAU MEYER Du sollst dich benehmen.

Meyer zieht die Jacke wieder an, sucht vergebens nach einem freien Stuhl und setzt sich dann auf einen freistehenden Tisch, nachdem er ihn lärmend zurechtgerückt hat.

MEYER Ist ihnen nicht zu warm?

DAUMER Mir ist kalt.

MEYER Ihm ist kalt.

Stichaner flüstert seiner Frau etwas zu. Sie nickt.

FRAU STICHANER *leise* Ich habe es immer schon gesagt.

Pause.

FUHRMANN Was nützte es dem Menschen, so er die ganze Welt gewänne, und nähme doch Schaden an seiner Seele. Der Mensch wird zum Herrn der Natur, aber er wird eben dadurch in sehr naturwidrige Verhältnisse hineingestoßen. Wer 30 Meilen reisen kann, der will auch immer hin und her fahren und nicht zu Hause bleiben. So etwas muß den Menschen nicht allzu leicht gemacht werden. Alle diese Erfindungen und Vervollkommnungen werden die Menschen weder weise noch besser noch glücklicher machen.

HORLACHER Ich reiste bisher im Wagen, von Pferden gezogen, von wirklichen, lebendigen Pferden mit einem wirklichen, lebendigen Kutscher auf dem Bock, und ich fühlte mich sehr wohl dabei. Ich liebe diese Eisenbahnen nicht. Ich hasse sie. Ich weiß, dem Geschäftsmann ist es wichtig, Zeit zu gewinnen, Zeit ist kostbarer als Geld. Da aber alle ohne Ausnahme denselben Eilzug benutzen, begreife ich nicht, worin der Vorteil besteht. Auch sagt man mir, durch die Eisenbahnen werden die Völker einander nähergerückt, die Nationalitäten verschmelzen, die ganze Erde wird ein Land, Wohnhäuser gibt es nicht mehr, nur Riesenkasernen, graue Jacke, graue Hose, gleiche Arbeit für alle, eine Sprache. Und die dummen Namen werden abgelegt. Ich heiße 4 688 223 910. Jeder Mensch eine Nummer.

DAUMER Beim Geld hört eben die Gemütlichkeit auf.

MEYER In Nürnberg haben Sie an Ihrer schönen neuen Polytechnischen Schule einen Herrn Ohm zum Direktor gemacht. Der Mann hat sogar sein eigenes Gesetz, das Ohmsche Gesetz. *Er zieht einen Zeitungsartikel aus der Tasche, faltet ihn auseinander und liest ihn vor* ›Stromstärke gleich elektromotorische Kraft, dividiert durch Widerstand, das heißt, die Stärke steht zu der treibenden Kraft im geraden Verhältnis, zu dem Widerstand, den sie vorfindet, im umgekehrten Verhältnis.‹ Verstehen Sie das? Ich versteh kein Wort. Kein Mensch versteht das. Aber die Presse druckt es, weil es modern ist. Soll das etwa die neue Zeit sein?

DAUMER Das ist die neue Zeit.

MEYER Aber was soll ich mit der neuen Zeit, wenn ich sie nicht verstehe. Ich komme mir langsam vor wie ein Kaspar Hauser. Wohin man sieht, alles hat sich verändert. Nichts ist mehr so, wie es war. Alles ist anders geworden. War denn alles falsch? War es auch falsch, daß wir gelebt haben?

TUCHER Die Menschen werden alles erreichen, sie werden sogar noch den Tod abschaffen, wir aber, wir werden dann nicht mehr leben.

MEYER *weint still in sein Schnupftuch, legt sich dann auf den Tisch und schläft ein.*

FRAU MEYER Er verträgt den Punsch nicht. Das ist immer das gleiche.

Pause. Der Wirt legt Holz nach und stochert im Ofen.

STICHANER Manchmal kommt man sich wirklich vor wie ein Kaspar Hauser. Keine Erklärung stimmt mehr. Nichts ist von Bestand. Alles, was besteht, soll verändert werden. Und alles geht gegen den Staat. Wie diese Welt sich weiterdrehen soll, ist mir ein Rätsel.

BINDER Das ist eben der Fortschritt. Das hat auch seine guten Seiten. Sehen Sie das Klavier da. Wir haben uns auch eins gekauft. Früher stellte so ein Klavierbauer zwanzig Instrumente im Jahr her. Jetzt fabriziert man 1500 Klaviere jährlich. Mozarts A war 1½ Ton tiefer als unser Kammerton. Jetzt ist das A erhöht worden. Die Preise sanken, die Tonhöhe stieg, und die Nachfrage nach Klavieren, Pianisten und Klaviermusik ist erstaunlich.

KOLB Genauso erstaunlich wie die Nachfrage nach Gefängnissen. Sie sind zur Zeit so gefragt, daß man mit dem Bau kaum nachkommt.

FEUERBACH Das ist eben die andere Seite des Fortschritts.

FRAU BINDER Es bringt Leute in Lohn und Brot.

KOLB Und hinein.

FRAU MEYER Die, die hinein gehören.

FEUERBACH Die, die sie bauen.

FRAU STICHANER Ein bemerkenswerter Satz aus dem Munde eines Appellationsgerichtspräsidenten.

HORLACHER Er muß es ja wissen.

HICKEL Die da hineingehören, die gehören da auch hinein.

KOLB Ein bemerkenswerter Satz aus dem Munde eines Gendarmerieoffiziers.

HICKEL Gegen Demokraten helfen nur Gefängnisse.

KOLB Je mehr Gefängnisse, desto mehr Demokraten.

FEUERBACH Ein edler Wettlauf der Baumeister, die einen wollen einen besseren Staat, die anderen bessere Gefängnisse.

FRAU BINDER Gibt es auch noch etwas anderes in der Welt?

FEUERBACH Eisenbahnaktien. Zeichnen Sie Eisenbahnaktien. Das ist die Zukunft.

KOLB Wenn die Einigung Deutschlands zu einem Vaterland Hochverrat ist an den Vaterländern der Deutschen – das ist es doch?

HICKEL Das ist es.

KOLB Dann ist die Eisenbahn tausendmal gefährlicher als die Burschenschaft, denn sie wird Deutschland einigen.

FEUERBACH Aber mit 20 Prozent Dividende. Das ist der Unterschied. Nicht in Freiheit. 20 Prozent Dividende, das ist ein Wechsel auf die Zukunft, den kann man ruhig entgegennehmen, gegen dieses Argument wirkt das Wort Freiheit geradezu lächerlich. Freiheit ist Unruhe, Umsturz, Revolution. 20 Prozent Dividende können sie auch unter der Zensur kassieren. In Ruhe.

HICKEL Auch in Deutschland besteht schon ein organisiertes System der Revolution.

FEUERBACH Es ist durchaus nichts bewiesen.

HICKEL Wer will daran zweifeln, Sie als Richter?

FEUERBACH Ein Richter muß zweifeln. Er braucht Beweise.

HICKEL Das ist natürlich auch eine Methode, einer Verschwörung beizukommen.

FEUERBACH Ich habe eher den Eindruck, daß der Staat mit seinen Methoden der Verschwörung schon zuvorgekommen ist.

STICHANER Das müßten Sie aber auch erst beweisen.

DAUMER *setzt sich eine Flasche Schnaps an den Mund und nimmt einen tiefen Schluck* Beweise! Beweise! Man überwacht die Deutschen mit geheimer Polizei, als wären aus Untertanen mit einem Male die ärgsten Rebellen geworden. Demokraten sind der Überwachung, Bespitzelung und der plötzlichen Verhaftung ausgesetzt, völlig harmlose Personen erfahren die schwerste Schädigung ihres Ansehens und ihres Fortkommens, begegnen auf Schritt und Tritt polizeilichen Schikanen. Unzuverlässige Professoren werden abgesetzt, Burschenschafter gelten als ungeeignet für öffentliche Ämter. Selbst die bloße Teilnahme an Veranstaltungen der Burschenschaft bedeutet den Verlust der Freiheit für viele Jahre. Todesstrafen, lebenslängliche Festungshaft sind an der Tagesordnung. Soll ein Lehrer oder Geistlicher Anstellung finden, hat zunächst die Polizei ein Gutachten über seine Gesinnung und sein Verhalten abzugeben. Beweise!

STICHANER Ein großer Teil der akademischen Lehrer hat die wahre Bestimmung der Universitäten verkannt. Anstatt die ihnen anvertrauten Jünglinge für den Staatsdienst zu erziehen, haben sie die empfänglichen Gemüter mit leeren Träumen angefüllt, gegen die bestehende gesetzliche Ordnung.

HICKEL Der Mord an Kotzebue hat gezeigt, wohin man gelangt, wenn man diese Jugendverführer gewähren läßt.

MEYER *lallt* Das Band ist zerschnitten, war schwarz, rot und gold.

HICKEL Es hat schon manch einer das Land verlassen, nur wegen seiner Redensarten.

MEYER Das ist dann ein verlassenes Land. *Er setzt sich und fällt betrunken vom Tisch.*

FRAU MEYER Jetzt ist aber Schluß. Du hast genug getrunken. Wir gehen jetzt. Bitte um Entschuldigung. Er verträgt keinen Punsch und trinkt doch immer weiter. Dabei bringt es ihn jedesmal in die Politik. *Sie bugsiert ihren Mann mit Hilfe des Wirts zum Ausgang, hilft ihm in den Mantel und geht mit ihm ab.*

FEUERBACH Das Band ist zerschnitten, war schwarz, rot und gold. Das Hambacher Fest ist vorüber und mit ihm die Begeisterung und die Hoffnung. Die erste Behörde auf dem Weg zur Einheit Deutschlands ist die Geheimpolizei. Die Bundescentraluntersuchungskommission zur Unterdrückung der demagogischen Umtriebe, mit der Vollmacht, in allen Bundesstaaten Nachforschungen und Verhaftungen vorzunehmen.

STICHANER Das geht seinen geordneten Gang. Das ist alles gesetzlich.

HICKEL Die Aufsicht über die Gesinnung solcher Leute wie Schriftsteller, Korrespondenten, Studenten, demokratisch eingestellte Bürger, erfordert nun einmal wirksame Methoden. Und wer kein reines Gewissen hat, sieht ohnehin überall Gespenster.

FEUERBACH Oder er sitzt Jahre in Untersuchungshaft, obwohl sich nicht das Geringste gegen ihn ergibt.

KOLB So wie Ihr Sohn.

Lange Pause.

STICHANER Lieber Feuerbach. Sie sind verbittert. Ich kann Sie verstehen. Die Sache mit Ihrem Sohn – Es ist nicht richtig, was da geschehen ist. Es war Unrecht. Jeder weiß das. Trotzdem, glauben Sie mir, es gibt eine Ordnung und eine Gerechtigkeit. Ich würde sonst auf der Stelle meine Uniform zurückgeben.

Pause.

FRAU BINDER Was ist denn mit seinem Sohn?

BINDER Ich bitte dich, sei still.

Pause.

Ich glaube, wir gehen auch.

DAUMER Wir sitzen ja nicht in Untersuchungshaft.

MEYER *brüllt aus dem Vorraum* Himmeldonnerwetternocheinmal! Warum geht die Tür nicht auf!

Alle schauen entgeistert zur Tür. Frau Meyer erscheint in der Tür.

FRAU MEYER Die Tür geht nicht auf.

Der Wirt gibt dem Schankburschen einen Wink. Der Bursche geht sofort hinaus. Man hört Geräusche und Meyers brummelnde Stimme.

BURSCHE *kommt zurück* Die Tür ist zugenagelt.

WIRT Was?

BURSCHE Zugenagelt. Von außen.

WIRT Das ist gleich erledigt, die Herrschaften. *Zum Burschen* Im Keller ist Werkzeug. Los!

Der Bursche geht durch die Kellertür ab.

FRAU BINDER Das ist ja eine schöne Mausefalle, in der wir da sitzen.

TUCHER Das ist kein Gasthaus, das ist ein Zuchthaus. *Er lacht, verstummt aber sofort wieder.*

HICKEL Und der Schankbursche hat plötzlich seine Stimme wiedergefunden. Interessant, interessant.

FRAU STICHANER Mir ist jetzt nicht nach Polizeihumor.

HICKEL In Ihrem Salon hören Sie ihn gern.

Meyer hat sich inzwischen neben Hiltel auf die Treppe gesetzt. Frau Meyer setzt sich auf den Klavierstuhl.

FRAU MEYER Wenn man doch hier herauskönnte.

WIRT Durch die Schankstube.

FRAU MEYER In seinem Zustand. Daß die ganze Stadt darüber spricht.

HORLACHER Das weiß die ganze Stadt, daß er säuft.

FRAU MEYER Wenn er so durch die Schankstube geht, verliert er alle Autorität.

HORLACHER Könnte auch nichts schaden.

MEYER Ich geh nicht durch die Schankstube.

Pause.

FUHRMANN Was ist nur mit der Welt? Nichts steht mehr in Reih und Glied. Ringsum Aufruhr und Revolution.

TUCHER Schöne Aussichten, die sich da auftun.

DAUMER Und die anscheinend immer näher kommen.

KOLB Vielleicht kann das deutsche Volk, das so heftig für die Freiheit der edlen Griechen und für die Freiheit der edlen Polen geschwärmt hat, auch einmal für die eigene Freiheit schwärmen.

HICKEL Republik, Demokratie und ein Deutschland. Wie soll denn das entstehen? Wie soll denn das aussehen? Demokratie in Deutschland, kann sich das ein Mensch vorstellen? Das ist Anarchie. Das sieht man doch jetzt schon.

STICHANER Meine Herren, ich bitte Sie. Unter uns sollte es darüber doch keine Diskussionen geben. Eine deutsche Republik wäre Hoch- und Landesverrat. Diese Demokraten sind Demagogen, die das Volk aufwiegeln. Das ist gegen die staatliche Ordnung. Das wird der Staat niemals dulden.

BINDER Was soll man nur tun?

HICKEL Nichts, nichts, nichts, gar nichts, überhaupt nichts. Man darf sich von der einmal feststehenden anerkannten Ordnung keinen Schritt wegdrängen lassen. Keinen Schritt, weder vorwärts noch rückwärts.

FUHRMANN Wir sollten uns nicht so leidenschaftlich um menschliche Einrichtungen kümmern. Jede Regierungsform ist ein Joch, und es ist das Geschick des Menschen, ein Sklave zu sein, und deshalb muß er lernen, seine Ketten ohne Klage zu tragen und sich im Lauf der Zeit durch Sitten und Gebräuche anzupassen, denn darin besteht unsere Freiheit.

FEUERBACH Zufriedenheit ist die größte Wundertäterin. Sie verwandelt Wasser in Wein, Sandkörner in Perlen, Regentropfen in Balsam, die Armut in Reichtum, das Kleinste ins Größte, das Gemeinste ins Edelste, die Erde in ein Paradies. Schön ist das Herz, das in all seinen Regungen mit sich selbst im reinsten Einklang bleibt, schön ist das Leben, dessen Taten untereinander vollkommen übereinstimmen. Kaspar Hauser.

Pause.

HILTEL *zu Meyer* Das mit dem Kaspar ist ganz einfach. Jetzt ist er tot und schon ein Geheimnis. Einer red dem anderen alles nach. Der war überhaupt nix Besonderes.

MEYER Er war ein Wundermensch.

HILTEL Er war ein Mensch. Aber die Leute wundern sich heutzutag schon über einen richtigen Menschen.

HICKEL Überlassen Sie das den Behörden. Die wissen solche Phänomene schon einzuordnen.

HILTEL Erlauben Sie. Der Kaspar hat an meinem Tisch gesessen. Ich hab ihm das Essen beigebracht. Mein Sohn das Sprechen. Meine Frau hat ihn gewaschen. Das war kein Phänomen. Das war ein richtiger Mensch. Aber was für einer!

HICKEL Gewiß. Ein Mensch. Und was für einer. Herr Wirt, dem Mann einen Schnaps, aber bitte im Schankraum.

BINDER Der Hiltel ist Angestellter des Magistrats der Stadt Nürnberg und bleibt da sitzen.

HICKEL *schreit* Ignoranz! Ignoranz und Dummheit herrschen hier!

FEUERBACH Das ist so in einem Grab.

Pause.

DAUMER *hinter der Theke*

Wo wird einst des Wandermüden
Letzte Ruhestätte sein?
Unter Palmen in dem Süden?
Unter Linden an dem Rhein?

Werd ich wo in einer Wüste
Eingescharrt von fremder Hand?
Oder ruh ich an der Küste
Eines Meeres in dem Sand?

Immerhin! Mich wird umgeben
Gotteshimmel, dort wie hier.
Und als Totenlampen schweben
Nachts die Sterne über mir.

FRAU BINDER Auch von unserem Kaspar Hauser?

DAUMER Nein, von unserem Heinrich Heine.

Pause.

STICHANER Das geht zu weit. Das ist unerträglich. Noch eine Provokation dieser Art, und ich lege mein Amt als Zensor augenblicklich nieder.

HICKEL Ich könnte Sie jetzt alle verhaften.

KOLB Haben Sie nicht einen Mord zu klären?

HICKEL Es gibt Dinge, die schlimmer sind.

KOLB Ein Gedicht über den Tod?

HICKEL Sie wissen, was ich meine.

KOLB Und der Tod Kaspar Hausers?

HICKEL Heine oder Hauser, auf beide Fälle ist eine Belohnung ausgesetzt. Alle Verbrechen sind uns gleich.

KOLB Aber der Tod ist doch noch erlaubt?

HICKEL Sie brauchen sich nur an das Zensurgesetz zu halten, und das kennen Sie ja.

KOLB Ja, das kenn ich. Von den jungen deutschen Schriftstellern sind nicht nur ihre bisherigen, sondern auch ihre zukünftigen Schriften verboten, ja, es ist nicht einmal erlaubt, ihren Namen zu drucken und sei es in einem tadelnden oder warnenden Zusammenhang.

HICKEL Dann wissen Sie ja Bescheid.

KOLB Was soll man noch drucken in einem Land, in dem die Wörter Freiheit, Volk und Tyrannei ein für allemal verboten sind. In dem Hochzeitsgedichte, Leichenreden und Grabinschriften der Zensur vorgelegt werden müssen. Es ist verboten, selbst das Gesetz, das das alles verbietet, zu drucken. Ein Gesetz, das sich selbst verbietet.

HICKEL Die Überwachung muß vollständig und effektiv sein, sonst ist sie keine. Eine unvollständige Überwachung wäre eine Ungerechtigkeit gegenüber dem Überwachten.

DAUMER Am besten, man druckt ein paar Jahre lang überhaupt nichts mehr.

FRAU STICHANER An den Zensor denkt keiner. Das Amt

des Zensors ist ein bürgerliches Ehrenamt. Es wird nicht honoriert, und es ist daher unschicklich, dieses Amt seinem Träger durch ständige Schikanen zu verleiden.

STICHANER Ich habe es nur übernommen, in der festen Gewißheit, nicht einschreiten zu müssen. Bringen Sie mich also bitte nicht in die Verlegenheit, einschreiten zu müssen. Wenn ich nicht mehr die Zensur ausübe, dann wird ein anderer Zensor, wie das dann aussieht, wissen wir alle.

FEUERBACH Es kommt nicht darauf an, Streit und Zwiespalt zu vermeiden, sondern herbeizuführen, damit den Leuten klar wird, daß doch noch ein freies Wort möglich ist, ohne sofort ins Gefängnis zu kommen.

STICHANER *springt erregt auf* Ist denn die Ansicht von dem, was Recht und Unrecht ist, so verdreht in Deutschland? *Er geht mit seiner Frau ab. Der Wirt trägt die Mäntel in den Flur nach. Kurz darauf kommen alle drei wieder zurück.*

WIRT *ruft in die Kellertür* He du, was ist los? Die Tür ist immer noch zu!

BURSCHE *in der Kellertür* Die haben die Tür mit Brettern vernagelt. Das dauert.

WIRT *zu Stichaner* Wenn Sie durch die Schankstube –

FRAU STICHANER Niemals, darauf wartet dieses Volk doch nur. Das wollen die doch nur.

STICHANER Ich gehe durch die Schankstube. Das wäre ja noch schöner. Hickel, stellen Sie sich in die Tür. Jeden aufschreiben, der sich auch nur muckst. Das wollen wir doch mal sehen, ob da noch einer lacht. *Er will die Schankstubentür öffnen. Sie läßt sich nicht öffnen. Er rüttelt. Die Tür bleibt zu. Er brüllt* Aufmachen! Aufmachen!

WIRT Einen Moment. *Er schaut durch das Schlüsselloch* Der Schlüssel ist abgezogen. Die Kerle haben von außen abgeschlossen.

STICHANER Ich will sofort hier raus.

WIRT Wenn Sie durch den Keller gehen wollen. Man kommt direkt auf die Straße.

FRAU STICHANER Ich gehe nicht durch den Keller.

HICKEL Ein Fenster?

WIRT Alle vergittert.

Pause.

MEYER Das ist Lützows wilde verwegene Jagd.

FRAU MEYER Halt den Mund.

Pause.

HICKEL Hiltel.

HILTEL Ja, Herr Oberleutnant.

HICKEL Wollen Sie uns nicht noch ein wenig über Kaspar Hauser erzählen? Es plaudert sich ganz angenehm darüber.

HILTEL Ja, was soll ich da sagen?

HICKEL Was er gesagt hat.

HILTEL Er sagte immer nur: ›Dös weiß ih nit.‹ Die paar Worte, die er kannte, waren ihm angelernt worden, nach meinem Dafürhalten. Er hatte gar keinen Begriff von der Welt. Alle Menschen nannte er ›Bue‹, alle Tiere ›Roß‹, und er kannte weder Tag noch Nacht, weder Sonne noch Mond, sogar das Feuer war ihm unbekannt. Er griff ins offene Kerzenlicht.

Pause. Frau Meyer übt auf dem Klavier die Tonleiter. Der Wirt geht durch die Kellertür ab.

HICKEL Ich sah diesen überaus wunderlichen Menschen bei einem frühen Besuch. Meine Uniform machte einen großen Eindruck auf ihn, und er bewunderte sie sehr. Ich stellte mich vor und nannte Namen und Titel. Er schaute dabei mit einem einzigen durchdringenden Blick in mein Gesicht. Etwas später traf ich ihn wieder, und als ich ihn aufforderte, meinen Namen zu sagen, nannte er meinen vollen Namen samt Titulaturen.

DAUMER Er erkannte die Menschen an den Händen.

HICKEL Warum sah er dann in mein Gesicht?

Pause.

BINDER Er wollte anfangs durchaus mein Bild zeichnen. Die ersten Versuche waren noch wie die Bilder eines kleinen Kindes, ein Oval, ein paar Schnörkel und einige Striche. Aber allmählich wurden die Striche einem Menschengesicht immer ähnlicher und das Gesicht doch ziemlich kenntlich.

HORLACHER Ich habe den Kaspar nach seiner Ankunft einige Male ärztlich behandelt. Ein junger Mensch zwischen siebzehn und neunzehn, mit offenen, freundlichen, unbefangenen Gesichtszügen. Sein Körper war von kaum glaublicher Empfindlichkeit. Eine Berührung mit der Hand hatte die Wirkung eines Schlages auf ihn.

DAUMER Ja, das stimmt. Das Gehör war so empfindlich, daß ihm jeder laute Schall Schmerzen verursachte, zum Beispiel, das Spiel auf einem Flügel. *Frau Meyer hört auf zu spielen.*

TUCHER Seine Augen waren so scharf, daß er bei Nacht lesen konnte. Bei gänzlicher Finsternis unterschied er ein dunkelblaues von einem dunkelroten Tuch, während meine und Daumers Augen nicht imstande waren, diese Tuchflecken überhaupt zu sehen.

BINDER Ich erinnere mich, wir kamen einmal in die Nähe

des Friedhofs, dabei stieg ihm ein so widerlicher Geruch in die Nase, daß er es nicht aushalten konnte.

TUCHER Selbst der Duft der zartesten Blumen war ihm unangenehm.

DAUMER Wenn sich ihm von hinten jemand näherte, so merkte er es durch eine ganz eigentümliche Empfindung. Beim Anfassen einer Hand befiel ihn ein kalter Schauder.

FUHRMANN Es hat lange gedauert, bis man ihn an die Lebensweise der Menschen gewöhnt hatte.

FRAU STICHANER Er glaubte, daß die Bäume, die Blätter, Blumen, Früchte von den Menschen geformt wären, und wunderte sich, daß die Menschen so viele Blumen machten, so viele Blätter ausschnitten und wozu.

STICHANER Er war auch ganz erstaunt, daß die Bäume einer Allee, in der ich mit ihm spazierenging, immer kleiner wurden, und der Weg in der Ferne immer schmaler, so daß man am Ende gar nicht mehr hindurchgehen könne, und er geriet wie über eine Zauberei in Erstaunen, als er sah, daß jeder dieser Bäume gleich hoch und der Weg überall gleich breit war.

HILTEL Der Kaspar hatte einen guten, mächtigen Verstand, das heißt, zu der Zeit, als er anfing sich zu bilden. Er erlernte alles gleich und vergaß es so leicht nicht wieder.

FEUERBACH Sein Urteil war scharf und treffend, Autoritäten galten nichts bei ihm. Er vertraute nur eigener Anschauung, Erfahrung und Einsicht. Sein Verstand erkannte keine Grenzen an und wollte absolut befriedigt sein. Vor Menschen hatte er keine Furcht oder Schüchternheit, alle waren für ihn gut und alle waren schön, und die vor seinem Fenster ausgebreitete Welt hielt er für einen buntbemalten Fensterladen.

MEYER *wieder nüchtern* Ein Wundermensch, wie ihn die Welt noch nicht gesehen hat, und ein in Akten noch nicht vorgekommenes Beispiel unmenschlicher Behandlung.

WIRT *kommt aus der Kellertür* Wenn die Herrschaften vielleicht doch durch den Keller – Die Tür läßt sich einstweilen nicht öffnen. Ich habe einige Laternen bereitgestellt.

Allgemeiner Aufbruch, nur Feuerbach bleibt sitzen. Man hilft sich gegenseitig in die Mäntel und geht eilig durch die niedrige Kellertür ab.

FEUERBACH Er sagte zu mir: ›Hätte man mich doch umgebracht, ehe ich wußte, was Leben ist. Das ist das Entsetzlichste. Man hätte mich umbringen können, als ich noch gar nichts fühlte. Da, wo ich eingesperrt war, in diesem Gefängnis. Nun mißgönnt man mir das kurze Leben, das ich bekommen habe. Das Leben ist mir so lieb geworden. Es sind so viele gute Menschen hier. Warum hat man mich nicht umgebracht, ehe ich wußte, was Leben ist.‹

Pause.

Das Unglück, das uns die Natur bereiten kann, ist begrenzt, das Unglück, das Menschen sich ausdenken, ist unerschöpflich. Das königliche Gericht hatte einstimmig erklärt, daß gegen keinen Gefangenen irgendein Verbrechen oder Vergehen vorliege, das ihre Verhaftung rechtfertige. Nun, dachte ich, ist auch dein Sohn gerechtfertigt. Aber das Gericht ließ alle im Kerker, der Arrest blieb so streng, daß er weder Briefe erhalten noch Briefe schreiben durfte. Gewohnt, nur Leiber einzusperren, unfähig zu begreifen, überließ man ihn sich selbst, ohne

Aufsicht, ohne Heilmittel, ohne Gesellschaft. An einem Abend fordert er ein Fußbad. Nach einer Viertelstunde findet ihn der Wärter auf dem Boden ausgestreckt, im Blut schwimmend. Er hatte sich an beiden Füßen die Adern geöffnet. Man brachte ihn ins Krankenhaus. Er riß den Verband ab, öffnete das Fenster und sprang hinaus. Er hätte sich zu Tode gestürzt, wenn er nicht in einen Schneehaufen gefallen wäre. Man trug ihn bewußtlos in sein Bett zurück, er erwachte im Wahnsinn. Ich erkannte ihn kaum wieder, totenbleich, abgezehrt, die Gesichtszüge entstellt, der Blick irr, mühselig vermochte er sich an Krücken fortzubewegen. Er ist voll Menschenscheu, er zittert, sobald er einem unbekannten Menschen begegnet. Nachdem sie alle ohne Anklage vierzehn Monate wie Mörder und Räuber von Gefängnis zu Gefängnis geschleppt wurden, durch unzählige Verhöre gemartert, an Geist, Gemüt und Leib zu Krüppeln gemacht, wurden sie ohne Urteil, ohne Rechtsspruch über ihre Schuld oder Unschuld, wieder in Freiheit gesetzt, wenn sie nicht durch den Tod in Freiheit gesetzt wurden. Ein in Akten noch nicht vorgekommenes Beispiel unmenschlicher Behandlung. Die Welt ist am Ende doch nur ein buntbemalter Fensterladen.

Der Wirt kommt mit einer Handlaterne aus der Kellertür.

WIRT Herr Präsident. Polizeistunde.

FEUERBACH Ja. Polizeistunde.

Er steht auf und nimmt seinen Mantel. Der Wirt löscht die letzten Kerzen und geht mit Feuerbach durch die Kellertür ab.

V Straße

Die Gäste klettern an der Rampe mit ihren Handlaternen aus einer Bodenluke. Es ist dunkel, man sieht die Personen nur im Schein der Handlaternen. Erleichtertes Gelächter.

FUHRMANN Es ist eben alles Gewöhnung. So wie man sich an die Welt gewöhnt, so gewöhnt man sich an die Zustände in der Welt. Und das ist auch gut so. Gute Nacht. *Ab.*

BINDER Er ist nun tot, vielleicht mußte es so sein. Denken Sie nur an den badischen Hof.

TUCHER Ich denke an Kaspar Hauser.

HICKEL Die Institutionen, mein Lieber, das zählt, das bleibt. Menschen – Menschen sterben.

DAUMER Oder werden umgebracht.

HICKEL Wenn es sein muß. Es kommt vor. Es ist nicht schön. Es ist nicht gut. Aber es muß zuweilen sein. Menschen sterben sowieso. Institutionen sterben nie.

KOLB Und wenn sie noch so tot sind, sie bringen um.

HICKEL Sie lassen umbringen. Von Menschen, durch Menschen, Menschenwerk. Eine Institution befleckt sich dadurch nicht. Sehen Sie die Kirche. Wie viele tote Ketzer, wie viele Kriege. Und wie oft war es nur ein Irrtum. Aber ein Irrtum von Menschen. Die Kirche ist nicht betroffen. Ein Fels, der stehet ewiglich. Wollen Sie eine solche Institution wegen ihrer Irrtümer abschaffen? Der Mensch ist nicht wichtig. Die Institutionen sind wichtig.

HORLACHER Sicheres Mittel, die Studenten unschädlich zu machen. Man gebe ihnen kleine Ämter, die bei vieler

Arbeit wenig eintragen, und fördere ihre Verheiratung. Ein Mann, der eine Frau am Arm und ein Kind an der Hand hat, der muß für Brot sorgen, der hat keine Zeit für allgemeine Betrachtungen. Probatum est.

STICHANER Und die Professoren?

HORLACHER Arrangieren sich auch. *Ab.*

DAUMER Mich hat man aus gesundheitlichen Gründen beurlaubt. Man fand meine Ansichten zu frei, zu wenig positiv. Das Kultusministerium sagte mir, man sähe es ganz gern, wenn junge Kräfte eine Zeitlang ins Ausland gingen. Das bestärkte mich sehr in meinem Entschluß, im Lande zu bleiben. Man war aber loyal genug, mich wissen zu lassen, daß man mich überwache. Nun, ich war stets der Ansicht, daß das gefährliche Privileg eines Lehrers, allein vor Schülern zu sprechen, ihm die strenge Pflicht auferlegt, nichts zu sagen.

STICHANER Leider denken nicht alle so vernünftig. Es ist mir jetzt mehrmals passiert, daß die Zensur nur in den für die Residenz bestimmten Zeitungsexemplaren beachtet wird, nicht aber in den auf die Post gegebenen Exemplaren. Und das Publikum findet noch Geschmack an solchen Presseerzeugnissen.

KOLB Früher war eben alles einfacher. Da genügte es festzustellen, zwei und zwei gleich vier. Heute sind die Leute romantischer, da ist zwei und zwei gleich fünf minus eins. Das Ergebnis ist zwar das gleiche, aber man hat Stoff zum Nachdenken.

TUCHER Ein Reisender kommt in eine deutsche Stadt und schreibt ins Fremdenbuch als Zweck der Reise: zum Vergnügen. Am anderen Tag wird er vor die Polizei geladen: Hören Sie, das ist sehr verdächtig, es hat sich hier noch niemand zum Vergnügen aufgehalten. *Gelächter.*

FRAU STICHANER Sehen wir uns am Sonntag in meinem Salon?

HICKEL Selbstverständlich, Gnädigste. *Ehepaar Stichaner ab.*

MEYER Sah ein Knab ein Röslein stehn – Ihre Eisenbahnaktien interessieren mich doch sehr, Herr Bürgermeister. Wenn Sie mir zehn Stück reservieren könnten.

BINDER Gerne. Sie werden sehen, die Sache hat Zukunft.

FRAU BINDER Bitte komm, wir haben noch eine lange Fahrt vor uns.

MEYER Wenn erst mal die Eisenbahn fährt.

FRAU MEYER Wir gehen jetzt auch. *Ehepaar Binder und Ehepaar Meyer ab.*

HILTEL *ruft hinterher* Wenn ich auf dem Kutschbock mitfahren könnte!

STIMME BINDERS Kommen Sie, Hiltel, kommen Sie. *Hiltel ab. Tucher und Daumer stehen mit Kolb zusammen, Hickel wartet links. Feuerbach kommt mit dem Wirt aus der Luke.*

KOLB *zu Feuerbach* Ja, das sind nun so unsere schönen Zeiten.

DAUMER Die Verhältnisse sind so, daß für ein Talent wenig oder gar keine Aussicht mehr ist, es müßte sich schon zur niederträchtigsten Hundeweise bequemen und jeder Schlechtigkeit dienstbar sein.

FEUERBACH Ich habe für die Zeiten, wie sie jetzt sind, schon lange zu hoffen aufgehört.

TUCHER Niemand kann jetzt weiter sehen als von heute auf morgen.

DAUMER Für Literatur und Wissenschaft stehen die Dinge am allerschlimmsten.

KOLB Die Menschen sind zu aufgeregt. Man liest nur noch, was man lesen muß, oder höchstens etwas, womit man sich zerstreuen kann, um sich für einen Augenblick von den Greueln abzulenken. Mut, Geduld, das sind jetzt die Tugenden für den, der in der Welt bestehen will.

Feuerbach und Kolb gehen nach links. Kolb hält Hickel seine Laterne ins Gesicht.

KOLB Verhaften Sie mich nun oder nicht?

HICKEL Darauf warten Sie ja nur. Damit Sie eine Schlagzeile haben: Gendarm verhaftet Verleger.

KOLB Umgekehrt wäre es eine größere Schlagzeile. Kommt aber leider nie vor.

HICKEL Vielleicht überleg ich es mir noch.

FEUERBACH Meine Herren, ich möchte nach Hause, mir ist nicht gut.

KOLB Ich begleite Sie noch. Wenn Sie mich partout verhaften wollen, kommen Sie am besten morgen, dann bin ich in Zürich.

HICKEL Bei diesen Sozialisten.

KOLB Auch eine Idee.

Alle drei gehen links ab. Tucher und Daumer flüstern noch miteinander im Schein ihrer Laternen und gehen dann nach rechts ab.

DAUMERS STIMME *leiser werdend*

Immerhin! mich wird umgeben
Gotteshimmel, dort wie hier.
Und als Totenlampen schweben
Nachts die Sterne über mir.

Der Wirt geht zurück in seine Luke und verriegelt sie von innen. Aus dem Hintergrund erscheint der Nachtwächter.

NACHTWÄCHTER Hört ihr Leut und laßt euch sagen,
Die Glocke, die hat zwölf geschlagen.
Löscht das Feuer und das Licht,
Daß bei euch kein Brand ausbricht.

Er kommt nach vorne und leuchtet mit seiner Laterne in den Zuschauerraum.

DOKUMENTARISCHER ANHANG

DER DENKER=CLUB

Auch eine neue deutsche Gesellschaft.

Anonyme Lithographie um 1835

Spottblatt auf die Zensur und das Spitzelunwesen in Deutschland zur Zeit Metternichs, als alles Gedruckte schärfster Zensur unterlag und jedes Gespräch belauscht wurde. Deshalb die Frage an die Mitglieder des »Denker-Clubs«: »Wie lange möchte uns das Denken wohl noch erlaubt bleiben?«

Die Pariser Julirevolution von 1830 und ihre Folgen

1815 *26. September:* Auf Initiative des Zaren Alexander I. wird ein Bündnis der Monarchen Rußlands, Preußens und Österreichs geschlossen, die »Heilige Allianz«. Sie dient zur Aufrechterhaltung der monarchischen Ordnung; man verpflichtet sich zu gegenseitigem Beistand beim Schutz dieser Ordnung gegen alle bürgerlichen und nationalstaatlichen Umwälzungen.

1817 *17.–18. Oktober:* Wartburgfest deutscher Studenten. Anwesend sind etwa 470 Studenten von 13 deutschen Universitäten. In politischen Reden werden die Fürsten angeklagt, die patriotischen Hoffnungen des deutschen Volkes verraten zu haben. Symbole des »Despotismus und der Reaktion« werden öffentlich verbrannt.
7. Dezember: Der preußische König verbietet die studentischen Verbindungen.
Winter: Die radikalen Vertreter der Gießener Burschenschaft arbeiten ein geheimes revolutionäres Programm aus: »Entwurf der deutschen Reichsverfassung«. Darin wird eine einheitliche deutsche Republik, Volkssouveränität, Gleichheit aller Bürger und eine Nationalmiliz anstelle eines stehenden Heeres gefordert. Die Studenten bekennen sich zum gewaltsamen Umsturz.

1818 *29. September–21. November:* Erster Kongreß der Heiligen Allianz. Zar Alexander I. von Rußland, König Friedrich Wilhelm III. von Preußen und Kaiser Franz I. von Österreich beraten Maßnahmen, um die revolutionär-demokratische Bewegung in Europa zu bekämpfen. Strenge Maßregeln zur Überwachung des geistigen Lebens und der Universitäten werden gefordert. Man verkündet die Solidarität der Kongreßteilnehmer bei der »Gewährleistung der Ruhe, des Glaubens und der Sittlichkeit«, die »durch das Unglück der Zeiten« erschüttert seien.

1819 *23. März:* Der Student Karl Ludwig Sand, Mitglied eines radikalen Kreises der Jenaer Burschenschaft, verübt ein Attentat auf den Schriftsteller August von Kotzebue, der im Dienste des Zaren politische Spitzeldienste leistet.
6.–31. August: Tagung von Regierungsvertretern aus zehn deutschen Staaten in Karlsbad, die Gesetzentwürfe zur Unterdrückung der politischen Opposition ausarbeiten. Diese

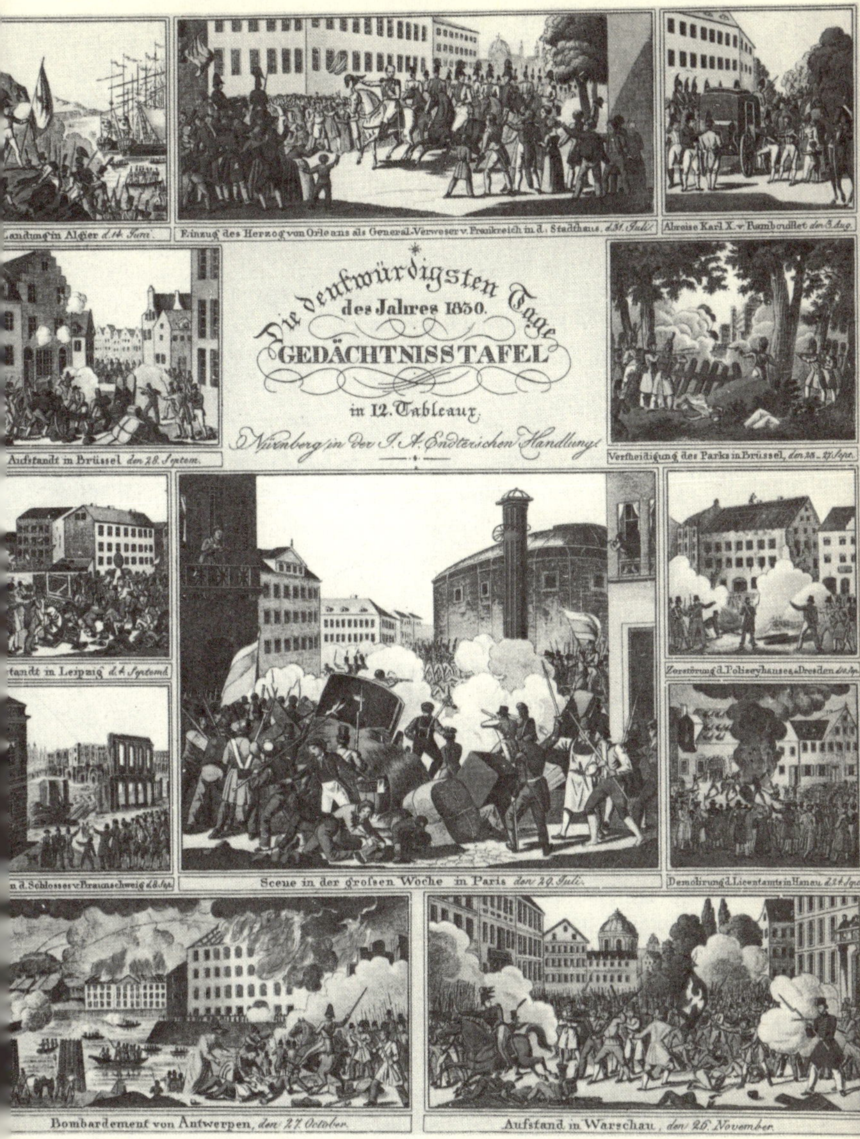

Bilderbogen zu den revolutionären Ereignissen des Jahres 1830

»Karlsbader Beschlüsse« haben zum Inhalt: Verbot aller studentischen Verbindungen, Entlassung oppositioneller Professoren, strenge Überwachung der Universitäten, Einführung einer Vorzensur für alle Zeitungen, Zeitschriften und Bücher unter zwanzig Bogen und einer Nachzensur für alle sonstigen Druckerzeugnisse. Außerdem soll eine Zentraluntersuchungskommission des Bundestages zur Aufdeckung und Verfolgung aller oppositionellen Bestrebungen geschaffen werden.

1819–1825/26: Unterdrückungsmaßnahmen – »Demagogenverfolgungen« genannt – gegen die Vertreter der bürgerlich-patriotischen, antifeudalen Opposition, die von der Regierung als »Demagogen« (Volksverführer) bezeichnet werden.

1820 *September–Oktober:* Geheime Tagung der Burschenschaft in Dresden, auf der Vertreter von 9 Universitäten beschließen, am politischen Programm der Burschenschaft festzuhalten, und empfehlen, geheime Vereine zu schaffen, die als unpolitisch getarnte Verbindungen für die Ziele der Burschenschaft wirken sollen.

1824 *21. Mai:* Der preußische König ordnet an, daß die Zugehörigkeit zur Burschenschaft als Beteiligung an einem hochverräterischen Unternehmen zu bestrafen sei.

1828 *November:* Ein Streik der Seidenweber in Krefeld gegen Lohnsenkungen wird durch Militär niedergeschlagen.
Zwischen 1821 und 1830 gibt es siebzehn Streiks in Deutschland.

1830 *27.–29. Juli:* Bürgerliche Revolution in Frankreich: Volksmassen stürzen nach erfolgreichem Barrikadenkampf in Paris die Dynastie der Bourbonen. Zur Macht gelangt die Großbourgeoisie, Frankreich wird eine konstitutionelle Monarchie. Mit den Vorgängen in Frankreich wird eine revolutionäre Krise in Europa ausgelöst.
2. September: Unruhen in Leipzig, Dresden und anderen Städten des Königreichs Sachsen. Das Bürgertum fordert eine Verfassung und bürgerliche Freiheiten. Auf dem Lande verlangen die Bauern Beseitigung der Feudallasten.
6.–7. September: Aufstand in Braunschweig, Vertreibung des durch sein Willkürregime berüchtigten Herzogs Karl und Zerstörung des Schlosses.

15. September: Unruhen in Kassel zwingen den Kurfürsten von Hessen, die Forderung des Bürgertums nach einer Verfassung zu bewilligen.
16.–21. September: Unruhen unter den Handwerksgesellen in Berlin und Demonstrationen vor dem Schloß, die durch die Berliner Garnison unterdrückt werden.
24.–26. September: In Hanau in Hessen zerstören Aufständische die Zollämter, man empört sich gegen den wirtschaftlichen Partikularismus. Die Unruhen breiten sich auch auf das Land aus, wo die Bauern Ämter und Schlösser bedrohen und die Beseitigung der Feudallasten fordern.
Ende September: Bauernerhebungen im Großherzogtum Hessen-Darmstadt. Eine bewaffnete Bauerntruppe, der sich Gesellen und Arbeiter anschließen, wird durch Militär auseinandergetrieben.

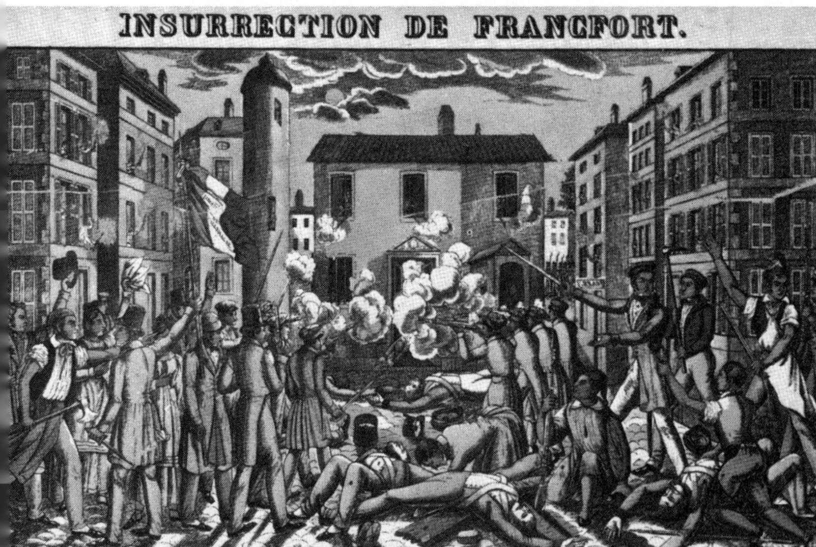

[D]er Aufstand in Frankfurt am 3. April 1833
[V]on einer radikaleren Richtung der Teilnehmer am Hambacher Fest ging die Vorstellung aus, [m]an könne durch die Signalwirkung eines Putsches eine allgemeine Revolution in Deutschland [h]erbeiführen. Der Sturm auf die Frankfurter Hauptwache wurde jedoch verraten und blutig [ni]edergeschlagen. Zwar gelang es noch, Bauern aus der Umgebung Frankfurts zu mobilisie[ren]; sie mußten jedoch vor den eilig verschlossenen Toren Frankfurts wieder umkehren. Das [Fr]ankfurter Bürgertum verhielt sich größtenteils passiv, verhalf aber vielen der entkommenen [Stu]denten und Handwerker zur Flucht.

29. November: Aufstand in Warschau und Beginn der polnischen Revolution zur Wiederherstellung eines unabhängigen Nationalstaates. Preußen stellt, um ein Übergreifen des Aufstandes auf die Provinz Posen zu verhindern, eine »Observationsarmee« an der Grenze auf. In Deutschland entsteht eine breite Sympathiebewegung für die polnischen Patrioten.
25. Dezember: Unruhen in München, vor allem unter den Studenten. Die Universität wird geschlossen, und gegen die liberale Presse werden verschärfte Zensurbestimmungen erlassen.

1831 *4.–9. Januar:* Im Königreich Hannover erreicht die Unzufriedenheit der Volksmassen ihren Höhepunkt mit der Errichtung einer Bürgerwehr in Osterode/Harz und der Bewaffnung der Studenten und Bürger in Göttingen. Es kommt zu revolutionären Unruhen, die militärisch niedergeworfen werden; doch die Oppositionsbewegung erzwingt die Entlassung der reaktionären Regierung, die Herabsetzung der Steuern und die Beseitigung der bäuerlichen Feudallasten.
17. April: Sächsisches Militär schlägt Unruhen in Dresden nieder und entwaffnet die Dresdner Bürgerwehr. Es folgt die Entwaffnung der Bürgerwehren im übrigen Königreich.
26. Mai: König Ludwig I. von Bayern wird durch die liberale Mehrheit des Landtages gezwungen, die reaktionäre Regierung zu entlassen und die verschärften Zensurbestimmungen aufzuheben.

1832 *27. Mai:* An dem »Hambacher Nationalfest« nehmen etwa 30 000 Personen, vorwiegend aus Südwestdeutschland, teil. Es sind meist Intellektuelle, Kleinbürger, Gesellen und Bauern. Eine polnische und eine französische Delegation sind anwesend. Die meisten Redner erheben revolutionär-demokratische, zum Teil republikanische Forderungen und rufen zum Widerstand auf.
22. Juni: Nationalfest der Opposition in Wilhelmsbad/Kurhessen unter Teilnahme von etwa 10 000 Personen. Auch an anderen Orten Westdeutschlands finden solche politischen Demonstrationen statt.
Die bayerische Regierung verhängt den Belagerungszustand über die Rheinpfalz.

1833 *3. April:* Handstreich revolutionärer Demokraten gegen die Haupt- und Konstablerwache am Sitz des Bundestages in Frankfurt. Der Putsch findet bei der Bevölkerung kaum Un-

Karte zum Mittagsmahl
beim
MAIFEST
auf dem Hambacher Schloss
am
27ten Mai 1832.
Nro. 280
Preis fl. 1 - 45 kr.

Zug auf das Schloß Hambach am 27. Mai 1832
Darunter: Karte zum Mittagsmahl beim Maifest auf dem Hambacher Schloß am 27. Mai 1832

Mit der Forderung nach deutscher Einheit und Republik versammelten sich auf dem Hambacher Fest dreißigtausend Vertreter des liberalen Bürgertums unter der Devise: »Einheit macht stark!«

terstützung und wird niedergeschlagen. Der Bundestag beschließt die militärische Besetzung Frankfurts.
20. Juni: Zur Verfolgung aller oppositionellen Bestrebungen errichtet der Bundestag eine Zentraluntersuchungskommission. Daraufhin setzt in fast allen deutschen Staaten eine ausgedehnte Verhaftungswelle ein. Bis zum Juli 1838 werden etwa 1800 Personen wegen »revolutionärer Umtriebe« gerichtlich verfolgt. Viele Patrioten flüchten nach Frankreich und in die Schweiz.
November/Dezember: Der Student Georg Büchner organisiert in Gießen und Darmstadt eine revolutionäre Geheimorganisation, die »Gesellschaft der Menschenrechte«, nach französischem Vorbild.

1834 *April:* In Bern wird durch revolutionär-demokratische deutsche Emigranten eine Geheimorganisation »Junges Deutschland« gegründet. Sie schließt sich auf Initiative des italienischen Revolutionärs Mazzini mit dem »Jungen Italien« und dem »Jungen Polen« zum »Geheimbund Junges Europa« zusammen.
Mai–Juni: Das »Junge Deutschland« agitiert unter den deutschen Handwerksgesellen in der Schweiz und gründet zahlreiche Handwerkerbildungsvereine. Revolutionäre Flugschriften werden von den Gesellen nach Deutschland gebracht und verbreitet.
Juli: Revolutionäre deutsche Demokraten, darunter zahlreiche Handwerker, gründen in Paris die Geheimorganisation »Bund der Geächteten«, die Flugschriften und eine Zeitschrift herausgibt, welche vor allem von wandernden Handwerksgesellen in Deutschland verbreitet werden.
3. Juli: Geheime Tagung südwestdeutscher Demokraten auf der Badenburg bei Gießen. Georg Büchner, der überzeugt ist, »daß der Gegensatz zwischen Reichen und Armen die entscheidende Triebkraft der Revolution ist«, veranlaßt die Herausgabe von Flugblättern.
Juli–August: In zwei Auflagen wird die von Büchner verfaßte revolutionäre Flugschrift »Der Hessische Landbote« verbreitet. Die Polizei entdeckt die Organisation und zerschlägt sie.

1837 Büchner flieht in die Schweiz.

Zufriedenheit ist die größte Wunderthäterin. Sie verwan-
delt Wasser in Wein, Sandkörner in Perlen, Regentropfen
in Balsam, die Armuth in Reichthum, das Kleinste ins
Größte, das Gemeinste in Edelste, die Erde in ein Paradies.
Schön ist das Herz, das in all seinen Regungen mit
sich selbst im reinsten Einklang bleibt, schön ist das
Leben, dessen Thaten untereinander vollkomen über-
einstimmen.

Kaspar Hauser.

Kaspar Hauser.

Beispiel

eines

Verbrechens

am

Seelenleben des Menschen

von

Anselm Ritter von Feuerbach.

Ansbach, bei J. M. Dollfuß.

1832.

Anselm Ritter von Feuerbach

Johann Simon Heinrich Fuhrmann

J. H. Horlacher

Trauerrede

bei der

am 20. Dezember 1833 erfolgten Beerdigung

des

am 14. desselben Monats

meuchlings ermordeten

Kaspar Hauser,

gehalten

und nur auf vielseitiges Verlangen herausgegeben

von

H. Fuhrmann,

Königl. III. Pfarrer bei St. Gumbert in Ansbach.

Bamberg 1833,
in Commission bei J. C. Dresch.

Enthüllungen
über
Kaspar Hauser.

Mit Hinzufügung neuer Belege und Documente

und

Mittheilung noch ganz unbekannter Thatsachen,

namentlich zu dem Zwecke,

die Heimath und Herkunft des Findlings
zu bestimmen und die vom Grafen Stanhope gespielte
Rolle zu beleuchten.

Eine wider Eschricht und Stanhope gerichtete
historische, psychologische und physiologische Beweisführung.

Von

G. Fr. Daumer,

Hauser's ehemaligem Pflegevater und Erzieher.

Frankfurt a/M.
Verlag von Meidinger Sohn & Comp.
1859.

Georg Friedrich Daumer

Jakob Friedrich Binder

Johann Georg Meyer

Henriette Magdalena Meyer

Gottlieb Freiherr von Tucher

Kaspar Hauser.

Aeltere und neue Beiträge

zur

Aufhellung der Geschichte des Unglücklichen

von

G. Friedrich Kolb.

Regensburg.

Verlag von Alfred Coppenrath.

1883.

Georg Friedrich Kolb

Königlich Bayerisches

Intelligenzblatt

für den Rezat-Kreis.

Nro. 2. Ansbach, Mittwoch den 8. Januar 1834.

(Den an Kaspar Hauser verübten Mord betr.)

Seine Majestät der König von Bayern haben auf erhaltene Nachricht von der Art und den Einzelnheiten des am 14. Dezember in dem Königl. Hofgarten zu Ansbach an Kaspar Hauser verübten Mordes geruht, aus der Staatskasse für Jene eine Belohnung von Zehn Tausend Gulden festzusetzen, welche den Gerichten hinreichende Beweismittel an die Hand geben, um eine bestimmte Person als den Urheber oder Theilnehmer des gedachten Meuchelmordes zu verhaften und zu verurtheilen, — welches hiemit zur allgemeinen Wissenschaft bekannt gemacht wird.

Ansbach, am 5. Januar 1834.

Präsidium der Königlichen Regierung des Rezatkreises.
von Stichaner.

Franz Joseph von Stichaner

Kleidung Hausers mit Stichmarken

Erste und
letzte Wohnstätte Hausers

Grab Kaspar Hause

HIC JACET
CASPARUS HAUSER
AENIGMA
SUI TEMPORIS

Feuerbachs Mémoire

Anselm Ritter von Feuerbach entdeckte Kaspar Hausers wahrscheinliche Herkunft als Prinz des Badenschen Hauses und ließ der Königin von Bayern auf ihren Wunsch folgendes Mémoire überreichen.

1) Kaspar Hauser ist kein uneheliches, sondern ein eheliches Kind. Denn wen auch Kaspar, wenn man sich ihn als uneheliches Kind denkt, zum Vater oder zur Mutter gehabt haben möge, so gab es, wenn es darauf ankam, die Paternität oder Maternität zu verheimlichen, weit leichtere, weniger grausame und bei weitem weniger für die Betheiligten gefährliche Mittel, als die ungeheure That der vielleicht 16–17 Jahre lang fortgesetzten, geheimen Gefangenhaltung und endlichen Aussetzung des Kindes. Je vornehmer eines der Eltern gewesen, desto leichter konnte das Kind auf andere Weise entfernt werden, ohne daß es hierzu einer solchen That bedurfte. Leute geringen Standes und geringer Mittel hatten noch weniger Ursache, auf so gefahrvolle, bedeutende Anstalten und Vorrichtungen erforderliche Weise, ihr uneheliches Kind zu verheimlichen. Das Brod und Wasser, das Kaspar heimlich zugebracht wurde, hätte man ihn öffentlich dürfen verzehren lassen. Kurz: man denke sich Kaspar als uneheliches Kind vornehmer oder geringer, reicher oder armer Eltern: so steht das Mittel außer allem Verhältniß zu seinem Zweck. Ganz ohne Ursache, gleichsam blos zum Scherz, übernimmt Niemand die Last eines schweren Capitalverbrechens, zumal wenn er dabei noch obendrein die qual- und angstvolle Mühe hat, dieses Capitalverbrechen 16–17 Jahre lang sorgfältig fortsetzen zu müssen.

2) Bei den an Kaspar begangenen Verbrechen sind Personen betheiligt, welche über große außergewöhnliche Mittel zu gebieten haben. Daß sowohl die Aussetzung Kaspars, als auch der später an ihm verübte Mordversuch in einer Stadt, wie Nürnberg, am hellen Tage, gleichsam öffentlich geschehen konnte, dann aber alle Spuren des Thäters auf einmal verschwanden; daß alle Nachforschungen, die seit nun beinahe drei Jahren mit dem rastlosesten Eifer, geleitet vom vereinten Scharfsinn der erfahrensten Justiz- und Polizeimänner, nach allen Richtungen hin unternommen wurden, in der Art fruchtlos gewesen sind, daß kein juridisch geltend zu machender Umstand entdeckt werden konnte, welcher auf einen bestimmten Ort der Hauptthat, oder auf eine bestimmte Person geführt hätte; daß alle öffentlichen Aufforderungen, daß das große Interesse, welches fast alle Herzen in und außer Deutschland an dem Schicksale des unbekannten Unglücklichen genommen haben, daß ein auf die Entdekkung ausreichender Spuren öffentlich ausgeschriebener Preis von 1000 Fl. (nach Hausers Ermordung wurde ein weiterer Preis von

10 000 (zehntausend) Fl. ausgesetzt!) keine einzige befriedigende Anzeige herbeigeführt hat: – alles Dieses wird nur daraus erklärbar, daß mächtige und sehr reiche Personen dabei betheiligt sind, welche über gemeine Hindernisse kühn hinwegzuschreiten die Mittel haben, welche durch Furcht, außerordentliche Vortheile und große Hoffnungen willige Werkzeuge in Bewegung zu setzen, Zungen zu fesseln und goldne Schlösser vor mehr als Einen Mund zu legen, die Macht besitzen.

3) Kaspar muß eine Person sein, an dessen Leben oder Tod sich große Interessen knüpfen. Dieses beweist unwidersprechlich der ebenso listig angelegte, als keck ausgeführte Mordversuch. Das Ungeheure des Mittels nöthigt jeden gesunden Verstand, auf einen mit dem Mittel in Verhältniß stehenden großen Zweck zu schließen. Wer hätte das Interesse haben können, an einem armen, von fremder Barmherzigkeit lebenden Findling den Tod auf dem Schaffott zu wagen? wäre nicht an diesem Findling weit mehr gelegen, als an irgend einem Findlinge gelegen sein konnte. Er muß eine Person sein, deren Leben, selbst bei der entfernten Gefahr, es könne einmal ihr Stand und wahrer Name entdeckt werden, die Existenz anderer und zwar so hoch bedeutender Personen bedrohte, daß er, um jeden Preis, und auf jede Gefahr hin, aus dem Wege geräumt werden mußte, und daß zugleich Menschen gefunden werden konnten, die solch ein Wagstück unternahmen.

4) Nicht Rache, nicht Haß konnten Motive zur Einkerkerung, dann zur versuchten Ermordung dieses unschuldigen, harmlosen Menschen gewesen sein. Es bleibt kein anderer Beweggrund denkbar als der Eigennutz. Er wurde entfernt, damit Anderen Vortheile zugewendet und für immer gesichert würden, welche von Rechtswegen nur ihm gebührten; er mußte verschwinden, damit Andere ihn beerben, er sollte ermordet werden, damit Jene in der Erbschaft sich behaupten konnten.

5) Er muß eine Person hoher Geburt, fürstlichen Standes sein. Dafür sprechen – seltsam genug! – doch auf die überzeugendste Weise – merkwürdige Träume, die Kaspar zu Nürnberg gehabt hat, welche Träume nichts Anderes gewesen sein können, als wiedererwachte Erinnerungen aus seiner früheren Jugend. Ich bemerke hierbei zuvörderst im Allgemeinen, daß Kaspar, als er diese Träume hatte, noch auf sehr niedriger Stufe geistiger Entwicklung stand, nur noch sehr unvollkommen sich äußern konnte, und Träume von wirklichen Erscheinungen und Erinnerungen noch nicht zu unterscheiden vermochte. Es ist ferner zu bemerken, daß von den Gegenständen und Scenen, welche Kaspar im Traume gesehen haben will, ihm zu

Nürnberg nichts Aehnliches vorgekommen sein konnte. So hatte er z. B. folgenden Traum, welchen ich ihn selbst dieser Tage von Neuem niederschreiben ließ:

»Den 15. August 1828 hatte ich nachstehenden Traum. Es kam mir vor, als wäre ich in einem sehr großen, großen Hause. Da schlief ich in einem sehr kleinen Bette. Als ich aufstand, kleidete mich ein Frauenzimmer an. Nachdem ich angekleidet war, führte sie mich in ein anderes großes Zimmer, in welchem ich sehr schöne Kommode, Sessel und ein Sopha sah. Von da führte sie mich in ein anderes großes Zimmer, worin Kaffeetassen, Schüsseln und Teller waren, die wie Silber aussahen. Von diesem Zimmer aus führte sie mich in ein größeres Zimmer, in welchem sehr viele und sehr schön gebundene Bücher standen. Von diesem Zimmer aus führte sie mich einen langen Gang vor und über eine Treppe hinab. . . . Als wir zur Treppe kamen, sah ich ein Bildniß stehen, welches in Ritter-Kleidung ausgeschnitten oder ausgehauen war. Das Bildniß hatte auch ein Schwerd in der linken Hand. Oben am Handgriff war ein Löwenkopf angebracht. Dieser Ritter stand auf einer viereckigen Säule, welche mit der Treppe verbunden und angemacht ist. Nachdem ich den Ritter eine Zeitlang angesehen hatte, führte mich das Frauenzimmer die Treppe hinauf, den langen Gang vor und wollte mit mir zu einer Thüre hineingehen. Diese Thür war aber verschlossen. Sie klopfte an, allein man machte nicht auf. Darauf ging sie mit mir schnell zu einer andern Thüre, und während sie dieselbe öffnen wollte, erwachte ich.«

Das Haus in diesem Traum ist offenbar ein Schloß, ein Palast, der nach seiner äußern Beschaffenheit und innern Eintheilung so genau beschrieben ist, daß ein Baukünstler einen Riß darnach entwerfen könnte. In der Reihe der Zimmer, welche Kaspar beschreibt, ist besonders das Bibliothekzimmer und das mit den Silberschränken bemerkenswerth, welches letztere entweder eine Silberkammer oder ein fürstliches Tafelzimmer mit Buffets sein soll: alles dergleichen hatte Kaspar, als er dieses träumte, nirgendwo in Nürnberg zu sehen Gelegenheit gehabt; Träume aber erfinden nichts und schaffen nichts, sie bilden und verarbeiten nur Stoffe, welche sie von Außen empfangen haben. Das Schloß mit diesen Zimmern existiert daher gewiß irgendwo. Daß Löwenköpfe (oder Löwen?) in jenem Traumbilde öfters mit vorkommen, ist sehr bezeichnend.

Aus der Verbindung aller obigen Umstände geht nun zuvörderst die dringende Vermuthung, ja die moralische Gewißheit hervor:
»Kaspar Hauser ist das eheliche Kind fürstlicher Eltern, welches hinweggeschafft worden ist, um Andern, denen er im Wege stand, die Succession zu eröffnen.«

Ludwig Börne

Wir lieben die Stille und das Grauen. Bei uns hat jeder seine Geheimnisse oder sucht sie, der Bettler wie der König. Der Minister möchte gern jede Bombe im Kriege mit Baumwolle umwickeln, daß man sie nicht fallen höre, und der Polizeidirektor meint, der Staat würde zugrunde gehen, wenn der Bürger erführe, daß sich sein guter Nachbar am Morgen erhenkt hat. Wer von uns den Jüngsten Tag erlebt, wird viel zu lachen bekommen. Was Gott unter zwanzig Bogen spricht, wird zensiert werden, und wenn die Welt brennt und

das Fett schmilzt von den Sündern herab, wird die Polizei bekanntmachen: »Unruhestifter haben das Gerücht verbreitet, es sei heiß in der Welt; aber das ist eine hämische Lüge, das Wetter war nie kühler und schöner gewesen. Man warnt jedermann vor unvorsichtigen Reden und müßigem Umherschweifen auf der Straße. Eltern sollen ihre Kinder, Lehrer ihre Schüler, Meister ihre Gesellen im Hause behalten! Man bleibe ruhig! Ruhe ist die erste Bürgerpflicht.« ... Und dann wird die Welt untergehen und ruhig werden, und dann wird die ganze Welt deutsch sein.

Dramaturgische Blätter, in: Gesammelte Schriften in 16 Bänden, Bd. 1, Hamburg 1829, S. 208 f.

Willibald Alexis

Sagt mir neulich ein blutjunger Bursche, den ich aus Gottesbarmherzigkeit angenommen – und ich versichere Sie, bei Gott, er hat mir noch nicht verdient so viel – sagt mir: ich habe kein Recht, ihm hinter die Ohren zu schlagen. Bei Gott, das hat er gesagt. Das sind die Grundsätze, worin jetzt die jungen Leute erzogen werden, das kommt von den Herren Professoren, von den Universitäten, von der Preßfreiheit! Ich hab's gleich der Polizei angezeigt. Alles will Freiheit sein. Ja, was ist die Freiheit? Die Freiheit, anständige Leute um ihr sauer Erworbenes zu bringen? Ich bitte Sie, Herr Baron, was soll daraus werden? Es müßte ihnen gesagt werden, diesen Aufrührern, diesen Rädelsführern, was sie verdienen; diesen jungen Leuten, die gar nichts wissen und gar nichts haben; und das läßt man gehen!
Eine Republik wollen sie. Fragen Sie mal, ob sie Zinsen zahlen, die Republiken, fragen Sie in Peru, Mexiko, Chili. Haben die Römer Zinsen gezahlt oder die Griechen? Fragen Sie mal jetzt, wieviel sie Zinsen geben heut? –
Haben Sie die Gefälligkeit, Herr Baron, schreiben Sie ein Buch für die Legitimität, recht scharf, sagen Sie's ihnen deutlich, was die Legitimität ist und was die Rebellion zustande bringt. Was bringt sie zustande? Daß Handel und Wandel stockt, daß wir unsere Comptoire schließen, daß wir kein Geld 'raus geben, daß die Herren sehen können, wo sie fertig werden.
Herr Baron, ich sage Ihnen, das ist eine schlechte Zeit, wo die Schulkinder wollen klüger sein als die Leute, die Geld haben. Ich bitte Sie, was hat der Staat von den Schriftstellern, von den Professoren und Zeitungschreibern. Kann er eine Anleihe schließen, werden sie ihm sagen, wenn er in Not ist: Hier hast du Geld. Sagen Sie selbst, Herr Baron, wer hat die Legitimität erhalten bei uns nach der Revolution? Haben's die Gelehrten, haben's der Adel, haben's die Soldaten gemacht? Warum haben wir keine Republik? –
Weil *wir* nicht haben gemocht eine Republik, weil bei einer Republik nichts herauskommt als Unruhe, Plünderungen, keine Garantien, kein Kredit, keine Zinsen, weil der Rothschild hat gesagt »Nein!«, und wir haben alle auch gesagt »Nein!«

Das Haus Düsterweg, Eine Geschichte aus der Gegenwart, Bd. 2, Leipzig 1835, S. 55 ff.

August von Kotzebue

Wir bekennen, daß wir uns nicht überzeugen können, daß die sogenannte akademische Freiheit edel und liberal zu nennen sei. Denn worin besteht sie? – in nichts anderm, als in der gänzlichen Freiheit jedes Studenten, lüderlich zu leben oder nicht, die Collegia zu besuchen, oder nicht, folglich etwas zu lernen, oder nicht; seine Schulden zu bezahlen oder die Philister zu prellen; sich anständig oder närrisch zu kleiden; alles nach Belieben. Wo sitzt denn das Edle?
Warum schicken wir denn unsre Söhne auf Universitäten? nicht wahr, damit sie etwas tüchtiges lernen sollen? *Das* ist der Zweck, der einzige Zweck; für dessen Erreichung aber durchaus weiter nichts getan wird, als daß der Herr Professor sich hinstellt und liest, ganz unbekümmert, ob man zuhöre, oder nicht; auch nicht einmal *berechtigt,* sich darum zu bekümmern. Es hängt also blos von der ersten Erziehung und dem Temperament eines Jünglings ab, ob er die Hoffnungen seiner Aeltern erfüllen werde, oder nicht. Er gleicht der Flasche mit Briefen, die der Schiffer in's Meer wirft, ohne zu wissen, ob sie jemals an's Land getrieben, ob sie nicht, das Spiel der Wellen, an irgend einem Corallenfelsen unterwegs sich zerschlagen werde?
Warlich, jeder Vater muß jetzt zittern, einen Sohn auf die Universität zu schicken; er muß gerade dann am meisten zittern, wenn der junge Mensch lebhaft und geistreich ist; denn die Corallenklippen der Landsmannschaften, der Burschenschaften, der Turnkunst, ja sogar der Hörsäle, wo unverständige Professoren ihm sagen, daß er berufen ist, sein Vaterland zu reformieren – lauern überall auf ihn, und Niemand bürgt dem sorgenden Vater für die rechte Anwendung der kostbaren (nie wiederkehrenden) Zeit seines Sohnes ...

Warlich, jeder Vater, der Söhne hat, würde es derjenigen Regierung herzlich danken, die den Anfang machte, von ihren Universitäten die Studenten-Willkühr zu verbannen; denn in dieser sogenannten akademischen Freiheit gehen fürwahr mehr gute Köpfe *unter,* als deren entwickelt werden. Ja, auch jeder kinderlose Bürger würde seinen Dank mit dem der Väter vereinen, denn – (bewahre uns Gott in Deutschland vor irgend einer Revolution!) – Aber – *sollte* sich eine ereignen, was dürften wir, nach *solchen* Vorspielen von unsrer Jugend erwarten?

Erinnerungsblätter für gebildete Leser, Jahrgang 1819, hg. v. August Schumann, Zwickau 1820, S. 165 ff.

Hauptpunkte der »Karlsbader Beschlüsse«, 20. Sept. 1819

Hauptpunkte

»§ 1. Es soll bei jeder Universität ein mit zweckmäßigen Instruktionen und ausgedehnten Befugnissen versehener, am Orte der Universität residierender, außerordentlicher landesherrlicher Bevollmächtigter entweder in der Person des bisherigen Kurators oder eines anderen von der Regierung dazu tüchtig befundenen Mannes angestellt werden. Das Amt dieses Bevollmächtigten soll sein, über die strengste Vollziehung der bestehenden Gesetze und Disziplinarvorschriften zu wachen, den Geist, in welchem die akademischen Lehrer bei ihren öffentlichen und *Privatvorträgen* verfahren, sorgfältig zu beobachten und demselben, jedoch ohne unmittelbare Einmischung in das Wissenschaftliche und die Lehrmethoden, eine heilsame, auf die künftige Bestimmung der studierenden Jugend berechnete Richtung zu geben, endlich allem, was zur Beförderung der Sittlichkeit, der guten Ordnung und des äußeren Anstandes unter den Studierenden dienen kann, seine unausgesetzte Aufmerksamkeit zu widmen.

§ 2. Die Bundesregierungen verpflichten sich gegeneinander, Universitäts- und andere öffentliche Lehrer, die durch erweisliche Abweichung von ihrer Pflicht oder Überschreitung der Grenzen ihres Berufes, durch Mißbrauch ihres rechtmäßigen Einflusses auf die Gemüter der Jugend, durch Verbreitung verderblicher, der öffentlichen Ordnung und Ruhe feindseliger oder die Grundlagen der bestehenden Staatseinrichtungen untergrabender Lehren ihre Unfähigkeit zur Verwaltung des ihnen anvertrauten wichtigen Amtes unverkennbar an den Tag gelegt haben, von den Universitäten und sonstigen Lehranstalten zu entfernen. Ein auf solche Weise ausgeschlossener Lehrer darf in keinem anderen Bundesstaate bei irgendeinem öffentlichen Lehrinstitut wieder angestellt werden.

§ 3. Die seit langer Zeit bestehenden Gesetze gegen geheime oder nicht autorisierte Verbindungen auf den Universitäten sollen in ihrer ganzen Kraft und Strenge aufrechterhalten und insbesondere auf den seit einigen Jahren gestifteten, unter dem Namen der Allgemeinen Burschenschaft bekannten Verein um so bestimmter ausgedehnt werden, als diesem Verein die schlechterdings unzulässige Voraussetzung einer fortdauernden Gemeinschaft und Korrespondenz zwischen den verschiedenen Universitäten zugrunde liegt. Die Regierungen vereinigen sich darüber, daß Individuen, die nach Bekanntmachung des gegenwärtigen Beschlusses erweislich in geheimen oder nicht autorisierten Verbindungen geblieben oder in solche getreten sind, bei keinem öffentlichen Amt zugelassen werden sollen.

§ 4. Kein Studierender, der durch einen von dem Regierungsbevollmächtigten bestätigten oder auf dessen Antrag erfolgten Beschluß eines akademischen Senates von der Universität verwiesen worden ist, soll auf einer anderen Universität zugelassen werden.

Pressegesetz
§ 1. Solange als der gegenwärtige Beschluß in Kraft bleiben wird, dürfen Schriften, die in der Form täglicher Blätter oder heftweise erscheinen, desgleichen solche, die nicht über 20 Bogen im Druck stark sind, in keinem deutschen Bundesstaate ohne Vorwissen und vorgängige Genehmhaltung der Landesbehörden zum Druck befördert werden.

Zentraluntersuchungs-Kommission zu Mainz
Ihre Aufgabe ist: Gemeinschaftliche, möglichst gründliche und umfassende Untersuchung und Feststellung des Tatbestandes, des Ursprungs und der mehrfachen Verzweigungen der gegen die bestehende Verfassung und innere Ruhe sowohl des ganzen Landes als einzelner Bundesstaaten gerichteten revolutionären Umtriebe und demagogischen Verbindungen.«

Johann Ludwig Klüber, hg. v. C. Welcker, Wichtige Urkunden für den Rechtszustand der deutschen Nation, Mannheim 1845, S. 162, 288, 272

Stichwort: Demokratie

... *Demokratisches Prinzip; demokratisches Element* und *Interesse; demokratische Gesinnung.*
Es hat sich in der neuesten Zeit eine, hier ängstlich, dort terroristisch, ausgesprochene *Scheu* vor *demokratischer* Gesinnung oder Richtung – sei es Theorie oder Praxis – kundgetan, und bei der fast babylonischen *Sprachverwirrung,* welche in Folge des blind leidenschaftlichen politischen Parteienkampfs eintrat, sind die Benennungen, *Demokrat, Demagog* und *Revolutionär* fast für gleichbedeutend erklärt oder geachtet worden. Nicht nur bei Einführung neuer *Verfassungen* oder Abänderung oder Fortbildung bereits bestehender wird überall von Seite der Regierungen, ja von Seite der gesamten europäischen Diplomatie, die äußerste Sorgfalt dahin gerichtet, daß ja nicht das *demokratische Element* eine zu große Ausdehnung gewinne. So hält man die *Presse,* die da unter allen Klassen politische Erkenntnisse und Gesinnung, mithin Mündigkeit zu verbreiten geeignet ist, in strenger Obhut; so fürchtet man das Institut der *National-* oder *Bürgermiliz,* ebenso jenes der *Geschwornen-Gerichte.* Ja, selbst die *Eisenbahnen* und *Dampfboote,* obschon die materiellen Interessen ihnen das Wort reden, erfahren hier und dort Ungunst und Anfeindung.

v. Rotteck und Welcker, Staatslexikon, 1834 ff., Bd. 4

Hoffmann von Fallersleben

»Es war mir sehr angenehm, daß ich zu diesem kleinen Ausfluge einen Reisegefährten fand. Mein Jugendgenosse Heinrich Dreyer, Studiosus der Theologie, hatte die Ferien bei seiner Mutter zugebracht und stand eben im Begriffe, nach Halle zurückzukehren. Als wir bei dem ersten Festungsposten anlangten, wurden wir angehalten. Mein Freund hatte neben seiner Matrikel einen Paß, er wurde nicht weiter beanstandet. Mit meiner Matrikel ging es mir schlecht. Der Unteroffizier entfaltete die große Urkunde, schüttelte den Kopf und machte die geistreiche Bemerkung: ›Och, Latein versteht kein Schwein.‹«

Ein Soldat mit Ober- und Untergewehr begleitete mich nun wie einen Sträfling durch die ganze Stadt bis ins Polizeigebäude. Dort wurde ich denn nach dem Zweck meiner Reise gefragt, woher? wohin? ›Ja‹, sagte ich, ›meine Herren, mein Zweck ist sehr einfach: ich will meinen Bruder besuchen, den Regierungs-Kalkulator Hoffmann.‹ Ich konnte doch nicht sagen, ›zum Vergnügen‹, denn sonst hätte es mir auch gehen können wie jenem Reisenden, der ins Fremdenbuch als Zweck der Reise ›zum Vergnügen‹ hineingeschrieben hatte und den andern Tag vor die Polizei geladen wurde: ›Hören Sie, das ist sehr verdächtig – es hat sich hier noch niemand zum Vergnügen aufgehalten.‹

Jetzt wurde mir ein Polizist mitgegeben. Da ich nur den Hausbesitzer und die Straße, aber nicht die Hausnummer angeben konnte, so wurde in verschiedenen Häusern nachgefragt, ob der Kalkulator Hoffmann dort wohne. Als immer ein entschiedenes Nein erfolgte, so wurde dem Polizisten eigen zumute, ich las schon aus seinen Mienen, als ob er mich für einen argen Schwindler hielte. Endlich gerieten wir in das rechte Haus. Der Wirt öffnete meines Bruders Wohnung, ich warf meinen Ränze mitten in die Stube, zog mir die Stiefel aus, stopfte mir eine Pfeife, legte mich aufs Sofa, bestellte mir zu essen und zu trinken und tat, als ob ich zu Hause wäre; dann stöberte ich die Bücher durch und las nach so vieler liebevoller Behandlung Thümmels Inokulation der Liebe. Unterdessen verhandelte der Polizist noch lange sehr eifrig mit dem Wirte, und machte es ihm zur Pflicht, ja ein wachsames Auge auf den sehr verdächtigen Menschen zu haben und ihm durchaus nicht den lateinischen Schein eher wiederzugeben, als bis sich die Sache aufgeklärt habe. So saß ich denn nun da und wartete auf meinen lieben Bruder. Es wurde 10, es wurde 11 Uhr, mein lieber Bruder kam nicht. Die Angst des Wirts, der zwar den Glauben, aber nicht den Mut mit der Judith teilte, wuchs von Minute zu Minute. Da kam mein Bruder als Rettungsengel. Wir lachten noch lange über den Diensteifer des Polizisten und die Angst des guten Staatsbürgers. Schon damals (um 1820) fingen die Behörden an, jeden jungen Menschen, der bequem und deshalb oft auffällig gekleidet war, oder gar eine greise Turnjacke und leichte Mütze trug, für staatsgefährlich zu halten und ihm besonders das Reisen zu verleiden.

Mein Leben, Bd. I, in: Gesammelte Werke, hg. v. H. Gerstenberg, Berlin 1892/93, S. 56 f.

Ernst Dronke

An solchen Orten, namentlich wo mißliebige Schriftsteller oder Vereine zusammen sind, wird man in Berlin regelmäßig auch einige Polizeispione finden. Diese Leute mögen das, was sie gehört, oft auch was sie nicht gehört, ihren Vorgesetzten hinterbringen, denn ihre Stellung erheischt, wie schon bemerkt, deutliche Beweise ihrer Ergebenheit; die Polizeibehörde mag über die Meldungen und die mißliebigen Personen Buch führen, um bei besonderen Gelegenheiten gegen diejenigen einzuschreiten, von welchen sie glaubt, daß sie den willkürlichen Präventivmaßregeln verfallen können. Gewiß ist, daß die Polizeibehörden immer wissen, was der oder jener Mißliebige bei dieser oder jener Gelegenheit gesprochen und getan hat; und da es bei ihrer Willkürgewalt nicht nötig ist, daß unmittelbare Veranlassungen zu ihren »Maßregeln« zugrunde liegen, so wird ihre Strafe immer die »Schuldigen«, die der Herrschaft Mißliebigen zu treffen wissen.

Die Ausweisungen, die polizeiliche Aufsicht usw. sind hierbei die beliebtesten und gangbarsten Methoden der willkürlichen Polizeistrafen. Das Spionwesen über die Gesinnung solcher Leute, wie Schriftsteller, Korrespondenten, freier Gebildeten usw. erstreckt sich aber nicht bloß auf das Vigilieren ihrer Reden an öffentlichen Orten, sondern hat sich auch deutlicher, tatsächlicher Nachforschung zu bedienen gewußt. Die Haussuchungen werden zwar nicht so allgemein ausgedehnt und jedenfalls wird die Polizei des öffentlichen Skandals halber diesen Fall nur dann eintreten lassen, wenn sie gewisse Wahrscheinlichkeit auf den Erfolg hat. Das ist natürlich nur in seltenen Fällen zu bestimmen, und so hat sich die Polizei eines geheimen und wirksameren Mittels bemächtigt, sowohl beim geringsten Verdacht, als auch ohne besondere Veranlassung den Gedanken der Untertanen nachzuspüren.

Das Mittel hierzu ist das schwarze Postkabinett in Berlin. Unter den Postbeamten befinden sich Leute, welche von der Polizei besoldet und verpflichtet sind, sowohl diejenigen Briefe, welche den Adressen nach reglementmäßig hierzu gehören, als auch diejenigen, welche ihnen selbst von Interesse scheinen, aus den Arbeitsschränken der Postexpedition an sich zu nehmen. Die Vorsteher des schwarzen Kabinetts erhalten dieselben zur »Perlustration«. Sie werden mit besonderen Werkzeugen geöffnet, dann kopiert oder exzerpiert und von neuem vorsichtig geschlossen zur Weiterbeförderung auf die Expedition gegeben. Ob, wie das Gerücht sagt, ein Wappenstecher dabei in Sold genommen ist, wissen wir nicht, glauben es auch nach der einfachen Methode des Öffnens und Schließens der Briefe entschieden verneinen zu dürfen. Wenn vielleicht durch Unvorsichtigkeit oder Nachlässigkeit das Siegel des perlustrierten Briefes verletzt ist, so pflegt das schwarze Postkabinett denselben einfach mit dem Postamtssiegel zu schließen und auf die Rückseite die Bemerkung zu schreiben: aufgesprungen angekommen. Auf diese Weise entgeht man der groben Beschuldigung, daß die Verletzung durch die Post geschehen sei, von welcher doch in solchem Falle Vorsicht zu erwarten wäre.

Das Hauptexpeditionslokal befindet sich in Berlin; Zweiginstitute desselben in mehreren Grenzstädten nach Polen, England und Frankreich zu. Die Entstehung des schwarzen Kabinetts ist natürlich auf keine bestimmte Zeit zurückzuführen; daß es aber in den unruhigen Zeiten der dreißiger Jahre ganz effektiv in Wirksamkeit war, geht aus der Geschichte jener Zeit bereits zur Genüge hervor. Der Demagogenriecher Geheimrat Tschoppe benützte das schwarze Kabinett ganz offen zu seinen von der Geschichte ewig gebrandmarkten Verfügungen; Privatbriefe der Schriftsteller, Studenten und der als freisinnig bekannten Beamten und Privatleute gaben in den harmlosen Äußerungen den Grad zu jahrelanger rachsüchtiger Inquisitionshaft.

Ernst Dronke, Berlin, Frankfurt 1846, S. 182 ff.

Ludwig Börne

Wenn ich an die Zensur denke, möchte ich mit dem Kopf an die Wand rennen. Es ist zum Verzweifeln. Die Preßfreiheit ist noch nicht der Sieg, noch nicht einmal der Kampf, sie ist erst die Bewaffnung; wie kann man aber siegen ohne Kampf, wie kämpfen ohne Waffen? Das ist der Zirkel, der einen toll macht. Wir müssen uns mit nackten Fäusten wie wilde Tiere mit den Zähnen wehren. Freiwillig gibt man uns nie die Preßfreiheit. Ich möchte unsern Fürsten und ihren Ratgebern nicht Unrecht tun, ich möchte nicht behaupten, daß bei allen und überall der böse Wille, alle Mißbräuche, welche durch die Presse offenkundig würden, fortzusetzen, schuld an der hartnäckigen Verweigerung der Preßfreiheit sei; das nicht. Wenn sie regierten wie die Engel im Himmel und auch der anspruchsvollste Bürger nichts zu klagen fände: sie würden doch Preßfreiheit versagen. Ich weiß nicht – sie haben eine Eulen-Natur, sie können das Tageslicht nicht ertragen; sie sind wie Gespenster, die zerfließen, sobald der Hahn kräht.

Briefe aus Paris, in: Gesammelte Schriften, Bd. 9, Hamburg 1832, S. 77 f.

Franz Grillparzer

Am 19. April morgens um 6 Uhr, da ich, spät zu Bette gegangen, noch im Schlafe lag, von drei Polizeibeamten überfallen worden, die mich aufstehen und alle meine Schriften zur Einsicht vorlegen hießen. Anfangs glaubte ich, den Verdacht eines wichtigen Staatsverbrechens auf mich geladen zu haben; endlich zeigte es sich, daß die ganze Untersuchung sich auf die sogenannte Ludlamshöhle bezog, eine Versammlung froher Menschen, in der ich erst seit acht Wochen her einige Abende zugebracht hatte. Zum Scherze gewählte Abzeichen und Gesellschaftsnamen, einige Verhaltungsregeln, die man niedergeschrieben und mit Geldstrafen belegt, hatten die Aufmerksamkeit eines ... auf sich gezogen, und die Gesellschaft ward als eine verbotene geheime aufgehoben. 32 Kommissäre, um Mitternacht aufgeboten, erbrachen den Versammlungsort im zweiten Stocke eines Wirtshauses und verteilten sich sodann in die Wohnungen der vornehmsten Mitglieder, d. h. derjenigen, die als Schriftsteller bekannt waren. Untersuchung, Verhör, Hausarrest bis abends. Gerade weil sie nichts Verdächtiges gefunden, werden sie genötigt sein, um ihre Dummheit zu bemänteln, etwas herauszusuchen. Wie ich höre, will man die Untersuchung als gegen eine schwere Polizeiübertretung anhängig machen. Wer mir die Vernachlässigung meines Talentes zum Vorwurf macht, der sollte vorher bedenken, wie in dem ewigen Kampfe mit Dummheit und Schlechtigkeit endlich der Geist ermattet. Wie um nicht immerfort verletzt zu werden, endlich kein Mittel mehr übrigbleibt, als sich unempfindlich zu machen, wie kein Aufschwung möglich ist, wenn man bei jeder Flügelbewegung an den Plafond der Zensur anstößt, und die Arbeit aufhört, ein Vergnügen zu sein, wenn das Hervorgebrachte die Quelle tausendfältiger Unannehmlichkeiten wird, wie es z. B. bei meinem letzten Stücke »Ottokar« der Fall war, wo, nachdem ich mich ein volles Jahr mit der Zensur herumgebalgt hatte, endlich vor und nach der Aufführung wohlbekannte Personen notorisch die böhmischen Studenten zur Unzufriedenheit, als über einen der böhmischen Nation zugefügten Schimpf, aufreizten ...

... Gestern vormittags ließ mich der Polizeimeister zu sich entbieten. Um zwei Uhr ging ich hin. Ich hatte früher schon vernommen, daß der Kaiser sich höchst günstig über den »Treuen Diener seines Herrn« ausgesprochen; ich machte mich daher auf eine Belobung gefaßt. Doch war ich schon zu oft in der Höhle gewesen, zu der viele Fußstapfen hinführen, wenige aber zurück, als daß sich nicht unheimliche Besorgnis in meine Stimmung gemischt hätte. Ich trat ein. – Seine Majestät, hieß es, hätten mein Stück mit großem Wohlgefallen gesehen und befohlen, mir deren volle Zufriedenheit anzukündi-

gen. Nur hegten Sie in bezug auf dasselbe noch einen Wunsch. – Welchen? – Das Stück ausschließlich zu besitzen. – Ich war wie vom Donner gerührt. Ich möchte angeben, welche Vorteile ich mir von der Aufführung außer Wien, von dem Honorar für den Druck erwartete. Seine Majestät seien bereit, mir jeden Schaden zu vergüten. Sodann aber würde die Handschrift in Dero Privatbibliothek aufgestellt werden, keine Kopien genommen, nirgends außer Wien aufgeführt, niemandem mitgeteilt, der Druck bis auf weiteres untersagt. In Wien selbst werde es in längern und längern Zwischenräumen wiedergegeben werden, dann aber allmählich verschwinden. Nicht Zensurrücksichten verlangten dies, denn da brauchte man ja nur geradezu zu verbieten, sondern – es sei der Wunsch Seiner Majestät, alleiniger Besitzer dieses ihm wohlgefallenden Stückes zu sein. – Meine erste Einwendung brachte die Antwort, daß es sich hier nicht um das Ob handle, sondern nur um das Wie. Ich möchte meine Bedingungen nicht ängstlich ansetzen. Seine Majestät seien zu Opfern bereit. Sie hätten sich mit väterlicher Güte über mich und mein Stück geäußert, das Ihnen sehr gefallen; aber Ihr Wunsch bleibe derselbe. Man gab mir einen Tag Bedenkzeit, und ich ging. Das ist die mildeste Tyrannei, von der ich noch gehört.
Was sollte ich tun? Die Erfüllung verweigern? In ihren Händen waren alle Mittel, sie zu erzwingen. Ich schrieb daher einen ostensiblen Brief an den Polizeiminister, indem ich alles anführte, was Menschlichkeit und Billigkeit gegen einen solchen Wunsch einwenden können. Ich setzte, nachdem ich beteuert hatte, die freie Schaltung über mein Werk jedem erdenklichen Gewinne tausendmal vorzuziehen – die Entschädigung so hoch an, daß die bekannte Sparsamkeit des Kaisers davor zurückschrecken konnte. – Sie wollten mich doch nicht plündern, hoffe ich! – Ich erklärte, daß, wenn der Kaiser auf seinem Verlangen bestünde, nur der Gedanke, daß nach dem Vorübergehen gebietender, mir verborgener Umstände die Bekanntmachung meines Werkes ohne weitere Umstände werde erfolgen können, mich zu einer notgedrungenen Einwilligung bewegen könnte. Und so gab ich das Blatt heute dem Minister in die Hände. Er schien zufrieden, und fand die angesetzte Entschädigungssumme mäßig. Begreife das, wer kann! Ich muß nun abwarten, was erfolgt. Endet die Sache aber auch wie immer, die unsichtbaren Ketten klirren an Hand und Fuß. Ich muß meinem Vaterlande Lebewohl sagen, oder die Hoffnung auf immer aufgeben, einen Platz unter den Dichtern meiner Zeit einzunehmen. Gott! Gott! wird es denn jedem so schwer gemacht, das zu sein, was er könnte und sollte!

Briefe und Tagebücher, hg. v. Carl Glossy u. August Sauer, Stuttgart u. Berlin o. J., S. 60 ff.

Der Beschluß des Bundestages vom 10. Dezember 1835

Nachdem sich in Deutschland in neuerer Zeit, und zuletzt unter der Benennung *»das junge Deutschland«* oder *»die junge Literatur«*, eine literarische Schule gebildet hat, deren Bemühungen unverholen dahin gehen, in belletristischen, für alle Classen von Lesern zugänglichen Schriften die christliche Religion auf die frechste Weise anzugreifen, die bestehenden socialen Verhältnisse herabzuwürdigen und alle Zucht und Sittlichkeit zu zerstören: so hat die deutsche Bundesversammlung – in Erwägung, daß es dringend nothwendig sey, diesen verderblichen, die Grundpfeiler aller gesetzlichen Ordnung untergrabenden Bestrebungen durch Zusammenwirken aller Bundesregierungen sofort Einhalt zu thun, und unbeschadet weiterer, vom Bunde oder von den einzelnen Regierungen zur Erreichung des Zweckes nach Umständen zu ergreifenden Maßregeln – sich zu nachstehenden Bestimmungen vereiniget:

1. Sämmtliche deutsche Regierungen übernehmen die Verpflichtung, gegen die Verfasser, Verleger, Drucker und Verbreiter der Schriften aus der unter der Bezeichnung »das junge Deutschland« oder »die junge Literatur« bekannten literarischen Schule, zu welcher namentlich Heinr. *Heine,* Carl *Gutzkow,* Heinr. *Laube,* Ludolph *Wienbarg* und Theodor *Mundt* gehören, die Straf- und Polizei-Gesetze ihres Landes, so wie die gegen den Mißbrauch der Presse bestehenden Vorschriften, nach ihrer vollen Strenge in Anwendung zu bringen, auch die Verbreitung dieser Schriften, sey es durch den Buchhandel, durch Leihbibliotheken oder auf sonstige Weise, mit allen ihnen gesetzlich zu Gebot stehenden Mitteln zu verhindern.

2. Die Buchhändler werden hinsichtlich des Verlags und Vertriebs der oben erwähnten Schriften durch die Regierungen in angemessener Weise verwarnt und es wird ihnen gegenwärtig gehalten werden, wie sehr es in ihrem wohlverstandenen eigenen Interesse liege, die Maaßregeln der Regierungen gegen die zerstörende Tendenz jener literarischen Erzeugnisse auch ihrer Seits, mit Rücksicht auf den von ihnen in Anspruch genommenen Schutz des Bundes, wirksam zu unterstützen.

3. Die Regierung der freien Stadt Hamburg wird aufgefordert, in dieser Beziehung insbesondere der Hoffmann- und Campe'schen Buchhandlung zu Hamburg, welche vorzugsweise Schriften obiger Art in Verlag und Betrieb hat, die geeignete Verwarnung zugehen zu lassen.

Aus: H. H. Houben, Jungdeutscher Sturm und Drang, Leipzig 1911, S. 63

Das preußische Verbot des »Jungen Deutschland«

. . .2) Zu den Hauptförderern der Eingangs gedachten Richtung gehören namentlich die Schriftsteller *Carl Gutzkow, Ludolf Wienbarg, Heinrich Laube* und *Theodor Mundt.*

Alle und jede Druckschriften dieser Individuen, und die von ihnen redigirten periodischen Schriften (z. B. der literarische Zodiacus) in so fern sie nicht im Inlande mit diesseitiger Censur erschienen sind, werden demnach für verbotene Schriften erklärt. Die in den Buchhandlungen noch befindlichen Schriften der gedachten Verfasser, oder Hefte und Blätter der von ihnen redigirten Zeitschriften, sind an die Verlagshandlungen ungesäumt zu remittiren, auch aus den Lesekabinetten und Leihbibliotheken zu entfernen.

Nach Vorstehendem ersuche ich das Königliche Ober-Präsidium, überall das Nöthige zu verfügen und die Censoren anzuweisen:
daß sie keiner Ankündigung oder Kritik oder sonstigen Erwähnung der vorerwähnten Druckschriften und keiner neuen Schrift jener Schriftsteller das Imprimatur ertheilen.
Berlin, den 14. November 1835.

In Vertretung des Herrn Geheimen Staats-Ministers *v. Rochow.*
Vermöge Allerhöchsten Auftrags.
Der Justiz-Minister.
(gez.) *Mühler.*

An
sämmtliche Königl. Ober-Präsidien.

Aus: Houben, a.a.O., S. 44

Heinrich Laube

Daß die hundertfache Censur unsers Vaterlandes verbietet, das ist nicht der größte Uebelstand: die größere wirkliche Gefahr besteht darin, daß sie die Entstehung in den Gedankengängen verkümmert oder verhindert.

Einleitung zur Tragödie ›Monaldeschi‹, in: Dramatische Werke, Bd. 1, Leipzig 1845, S. 62 f.

Grandville, Die Auferstehung der Zensur

Karl Biedermann

Die damals sowohl in Preußen als in Sachsen erschienenen neuen Preßgesetze brachten der Tagespresse so gut wie keine Erleichterungen. Nach wie vor blieb diese durch Concessionen, welche jederzeit widerrufen werden konnten, durch den Postdebit, durch das unbeschränkte Recht der Verwaltung, den Vertrieb auswärtiger Blätter zu verbieten von dem Gutbefinden der Regierenden abhängig. Die Schriften über 20 Bogen wurden zwar von der Censur befreit; dagegen schwebte über ihnen um so drohender das Damoklesschwert der Confiscation durch die Polizei, wogegen es keinen geordneten richterlichen Schutz gab.

Die in Sachsen nachgelassene Berufung an eine sog. »Administrativ-Justizbehörde« (in welcher neben Verwaltungsbeamten ein paar richterliche Beamte saßen) bot der Presse wenig Hilfe, das preußische Obercensurgericht nach seiner späteren Praxis ebenso wenig; eine wirklich richterliche Entscheidung fand nur in den süddeutschen Staaten statt. In Preußen mußten diese censurfreien Schriften vierundzwanzig Stunden vor ihrer Ausgabe bei der Behörde eingereicht werden, so daß diese volle Muße hatte, die ganze Auflage mit Beschlag zu belegen; in Sachsen hatte der Verleger nur »gleichzeitig mit der Ausgabe« ein Exemplar einzuliefern und dafür einen Empfangschein von der Behörde zu erhalten.

Das führte dann wohl (bei solchen Schriften, rücksichtlich deren eine Confiscation zu befürchten stand) zu einer ganz eigenthümlichen Manipulation. Ich selbst habe, da ich meines »Herold« wegen ein eigenes Verlagsgeschäft errichtet hatte, diese Manipulationen mitgemacht.

Die ganze Auflage (oder doch der allergrößte Theil derselben) ward, in Packete vertheilt, welche theils an die einzelnen Commissionäre in Leipzig zur Versendung an ihre Committenten, theils an hiesige Sortimenter adressiert waren, auf einen Wagen geladen und dieser Wagen an irgend einem versteckten Orte nicht allzu weit von dem Local der Kreisdirection stationiert. Nun ging ein Commis oder Markthelfer mit dem »Pflichtexemplar« auf die Kreisdirection, gab es ab, erhielt den Empfangschein und eilte nun raschen Laufes zu dem harrenden Kutscher, um diesem zu bedeuten, daß er abfahren könne. Der Kutscher fuhr so schnell als möglich von Buchhandlung zu Buchhandlung, um seine Packete los zu werden. Kam dann die Preßpolizei in die Verlagshandlung, um das Buch zu confisciren, so fand sie gewöhnlich das Nest leer; die verschlossenen Packete bei den Commissionären durften als fremdes Eigenthum nicht aufgemacht werden (als die sächsische Regierung dies einmal versuchte, entstand unter den Buchhändlern ein so großes Geschrei, daß die Regierung wieder davon abstand), und so erhaschte die Polizei meist nur wenige Exemplare in den offenen Läden der Sortimenter, sofern nicht auch diese gerieben genug waren, solche Bücher alsbald in Sicherheit zu bringen. Welch unwürdiges Schauspiel, eine solche Hetzjagd zwischen Behörde und Verleger!

Bisweilen mußte ein Preßerzeugniß, um nur überhaupt an's Licht hervortreten zu können, dem Bereiche der heimischen Censur gänzlich entfliehen und auswärts einen Censor suchen, der entweder von Natur milder war, oder der sich nicht veranlaßt fand, etwas zu streichen, was nicht gegen seine eigene, sondern gegen eine ihm fremde Regierung gerichtet war. Insofern brachte die deutsche Zerrissenheit wenigstens der Presse einigen Vortheil. Freilich mußte ein solches unglückliches Preßerzeugniß bisweilen in drei, vier verschiedenen Bundesstaaten umherwandern, bevor es das Imprimatur (die Censurerlaubniß) erhielt.

Ganz eigenthümlich waren die Preßverhältnisse in Oesterreich. Hatte schon die Unterscheidung etwas Sonderbares, die man dort zwischen den absolut verbotenen ausländischen Geisteswerken (den mit dem damnatur bezeichneten) und solchen machte, welche gewissen Klassen von Staatsbürgern (den Gebildeteren oder Vornehmeren) gegen die ausdrückliche Zusicherung, sie nicht weiter zu geben (erga schedam) gestartet wurden, so brachte das für alle Oesterreicher gleichermaßen geltende Verbot, irgend etwas im Ausland drukken zu lassen, die allermerkwürdigsten Zustände hervor.

Da der österreichische Schriftsteller doch gewisse Dinge sagen wollte, von denen er wußte, daß die heimische Censur sie nicht durchlassen würde, so ging er damit in's Ausland. Natürlich durfte er sich aber zu diesem seinem auswärts zur Welt gekommenen Geisteskinde nicht bekennen, mußte vielmehr froh sein, wenn die Behörde, die seine Verfasserschaft erfuhr oder ahnte, stillschweigend ein Auge zudrückte.
Da ward denn Alles aufgeboten, um eine solche Mitarbeiterschaft (z. B. an meiner Monatsschrift) den Augen der Polizei zu entziehen. Die Correspondenz zwischen meinen österreichischen Mitarbeitern und mir ward von jenen unter falschen Namen, von meiner Seite unter Superadressen an möglichst harmlose Persönlichkeiten (etwa eine alte Wirthin des betreffenden Schriftstellers) geführt. Oder man bediente sich einer besonderen Gaunersprache. So schrieb mir Dr. Kreuzberg in Prag (der zugleich Beauftragter für allerhand technisch-industrielle Etablissements war) einmal wegen eines von mir gewünschten Artikels über gewisse innere Zustände Oesterreichs in dem Sinne, als ob es sich um die Bestellung einer hydraulischen Maschine handle. Die Maschine, schrieb er, sei zu voluminös ausgefallen und müsse daher in einzelnen Theilen abgeliefert werden (d. h. die Abhandlung werde in mehrere Artikel zerfallen) usw.

Eine ähnliche Gaunersprache bildete sich ganz von selbst – und nicht blos in Oesterreich, sondern auch im übrigen Deutschland – zwischen Schriftsteller und Leser aus. Der Erstere sprach in Andeutungen, die der Letztere wohl verstand, die aber doch nicht so greifbar waren, daß der Censor sie billigerweise hätte streichen können.

Congreß deutscher Zeitschriften.

Die Zeitschriften suchen ungeschmälert ihre Reisebewilligung zu erwirken und begeben sich zur betreffenden Behörde.

Die Zeitschriften dürfen reisen; — müssen jedoch ihre entstandenen Blößen vorschriftsmäßig bedecken.

Ankunft der sehnlichst Erwarteten.

(Fortsetzung folgt.)

daction: Casp. Braun u. Fr. Schneider. – München, Verlag von Braun & Schneider. – Druck von J. P. Himmer in Augsburg.

. . . In der That wirkten die Zustände der Censur und der Preßpolizei auf den Charakter der Presse, insbesondere der Tagespresse, höchst nachtheilig ein. Der Mangel an Selbstverantwortlichkeit, der Gedanke, daß das geschriebene Wort doch erst die Censur passiren müsse, daß aber, wenn es diese passirt habe, der Schriftsteller nicht mehr haftbar dafür sei (nicht einmal juristisch war er es nach dem Bundespreßgesetz von 1819), dieser Gedanke führte nur zu leicht dahin, daß der Schriftsteller mehr daran dachte, was er dem Censor, als was er seinem eigenen Gewissen gegenüber verantworten könne. Die Gefahr, in welcher jedes Organ der Tagespresse fortwährend schwebte, trotz der Censur auch noch verboten zu werden, ließ die wenigsten dieser Organe zu einer festen, überzeugungstreuen, consequenten Haltung kommen. Und wirklich gehörte ein nicht geringer Grad von Selbstverleugnung dazu, Ansichten zu vertreten, von denen man wußte, daß sie in den maßgebenden Kreisen für verpönt galten, Personen und Einrichtungen anzugreifen, die dort als unantastbar betrachtet wurden. Man darf es immerhin als ein günstiges Zeugniß für den damaligen Zustand des öffentlichen Geistes in Deutschland ansehen, daß nichtsdestoweniger sich Schriftsteller und Verleger fanden, welche diesen Muth der Selbstverleugnung hatten, welche ungescheut (so weit der Censor es gestattete) die Wahrheit sagten – auf die Gefahr hin, die Existenz ihrer Blätter, vielleicht ihre eigne Existenz auf's Spiel zu setzen. Aber freilich fehlte es auch an solchen nicht, die entweder verstummten oder die Farbe wechselten, wenn sie von oben her bedroht oder mit Versprechungen geködert wurden. Ein beliebtes Mittel mancher Regierungen in jener Zeit, besonders auch der preußischen, um »öffentliche Meinung zu machen«, bestand darin, Artikel in ihrem Sinne in solche Blätter zu bringen, die für unabhängig galten, um dann sagen zu können: »Seht, die unabhängige Presse selbst erklärt sich für uns!« Und leider bedurfte es oft nur der Drohung mit einem Verbot oder mit Entziehung des Postdebits, um eine Redaction willfährig zur Aufnahme zu machen, oder einen Verleger dazu zu vermögen, daß er einen der Regierung unbequemen Redacteur mit einem schmiegsameren vertauschte.

Mein Leben und ein Stück Zeitgeschichte, Bd. I, Breslau 1886, S. 114 ff.

Grandville, Der Zensor.

Karl Gutzkow an Georg Büchner nach Straßburg

Frankfurt, 17. März 1835

... Treiben Sie wie ich den Schmuggelhandel der Freiheit: Wein verhüllt in Novellenstroh, nichts in seinem natürlichen Gewande: ich glaube, man nützt so mehr, als wenn man blind in Gewehre läuft, die keineswegs blindgeladen sind. Wär es nicht, so hätt ich mich in der Rechnung meines Lebens betrogen und müßte dann selbst meinen Untergang beschleunigen ...

Büchner, Werke und Briefe, hg. v. Fritz Bergemann, München 1973, S. 273 f.

Heinrich Heine

»Es gibt trockne Leute in der Welt, die den Witz gern proskribieren möchten, und man kann täglich hören, wie Pantalon sich gegen diese niedrigste Seelenkraft, den Witz, zu ereifern weiß und als guter Staatsbürger und Hausvater die Polizei auffordert, ihn zu verbieten. Mag immerhin der Witz zu den niedrigsten Seelenkräften gehören, so glauben wir doch, daß er sein Gutes hat. Wir wenigstens möchten ihn nicht entbehren. Seitdem es nicht mehr Sitte ist, einen Degen an der Seite zu tragen, ist es durchaus nötig, daß man Witz im Kopfe habe. Und sollte man auch so übellaunig sein, den Witz nicht bloß als notwendige Wehr, sondern sogar als Angriffswaffe zu gebrauchen, so werdet darüber nicht allzusehr aufgebracht, ihr edeln Pantalone des deutschen Vaterlands. Jener Angriffswitz, den ihr Satire nennt, hat

Aus Glasbrenners Komischem Volkskalender 1846

Feder und Zensurstift tanzen Menuett.

seinen guten Nutzen in dieser schlechten, nichtsnutzigen Zeit. Keine Religion ist mehr imstande, die Lüste der Erdenherrscher zu zügeln, sie verhöhnen euch ungestraft, und ihre Rosse zertreten eure Saaten; eure Töchter hungern und verkaufen ihre Blüten dem schmutzigen Parvenü, alle Rosen dieser Welt werden die Beute eines windigen Geschlechts von Stockjobbern und bevorrechteten Lakaien, und vor dem Übermut des Reichtums und der Gewalt schützt euch nichts als der Tod und die Satire.«

Sämtliche Werke, Bd. 12, Leipzig 1902, S. 136.

Ludwig Börne

Goethe hätte ein Herkules sein können, sein Vaterland von großem Unrate zu befreien; aber er holte sich bloß die goldenen Äpfel der Hesperiden, die er für sich behielt, und dann setzte er sich zu den Füßen der Omphale und blieb da sitzen. Wie ganz anders lebten und wirkten die großen Dichter und Redner Italiens, Frankreichs und Englands! Dante, Krieger, Staatsmann, ja Diplomat, von mächtigen Fürsten geliebt und gehaßt, beschützt und verfolgt, blieb unbekümmert um Liebe und Haß, um Gunst und Tücke und sang und kämpfte für das Recht. Er fand die alte Hölle zu abgenutzt und schuf eine neue, den Übermut der Großen zu bändigen und den Trug gleisnerischer Priester zu bestrafen. Alfieri war reich, ein Edelmann, adelstolz, und doch keuchte er wie ein Lastträger den Parnaß hinauf, um von seinem Gipfel herab die Freiheit zu predigen. Montesquieu war ein Staatsdiener, und er schrieb seine »Persischen Briefe«, worin er den Hof verspottete, und seinen »Geist der Gesetze«, worin er die Gebrechen Frankreichs richtete. Voltaire war ein Höfling; aber nur schöne Worte verehrte er den Großen und opferte ihnen nie seine Gesinnung auf. Er trug eine wohlbestellte Perücke, feine Manschetten, seidene Röcke und Strümpfe; aber er ging durch den Kot, sobald ein Verfolgter um Hülfe schrie, und holte mit seinen adeligen Händen schuldlos Gerichtete vom Galgen herab. Rousseau war ein kranker Bettler und hülfsbedürftig; aber nicht die zarte Pflege, nicht die Freundschaft, selbst der Vornehmen, verführte ihn, er blieb frei und stolz und starb als Bettler. Milton vergaß über seine Verse die Not seiner Mitbürger nicht und wirkte für Freiheit und Recht. So waren Swift, Byron, so ist Thomas Moore. Wie war, wie ist Goethe? Bürger einer freien Stadt, erinnert er sich nur, daß er Enkel eines Schultheißen ist, der bei der Kaiserkrönung Kammerdienste durfte tun. Ein Kind ehrbarer Eltern, entzückte es ihn, als ihn einst als Knabe ein Gassenbube Bastard schalt, und er schwärmte mit der Phantasie des künftigen Dichters, wessen Prinzen Sohn er wohl möchte sein. So war er, so ist er geblieben. Nie hat er ein armes Wörtchen für sein Volk gesprochen, er, der früher auf der Höhe seines Ruhms unantastbar, später im hohen Alter unverletzlich, hätte sagen dürfen, was kein anderer wagen durfte. Noch vor wenigen Jahren bat er die »hohen und höchsten Regierungen« des deutschen Bundes um Schutz seiner Schriften gegen den Nachdruck. Zugleich um gleichen Schutz für alle deutschen Schriftsteller zu bitten, das fiel ihm nicht ein.

Aus meinem Tagebuche, Gesammelte Schriften, Bd. 3, Hamburg 1862, S. 385 ff.

Theodor Mundt

... Ich spüre eine Krankheit in mir, die ich noch in keiner Pathologie beschrieben gefunden. Ich habe den Zeitpolyp. Seit der Julirevolution 1830 hat er sich in meinem Herzen angeschwemmt ... Der Zeitgeist zuckt, dröhnt, zieht, wirbelt und hambachert in mir; er pfeift in mir hell wie eine Wachtel, spielt die Kriegstrompete auf mir, singt die Marseillaise in all meinen Eingeweiden und donnert mir in Lunge und Leber mit der Pauke des Aufruhrs herum. Vergebens lese ich in jetziger Stimmung meinen alten, geliebten Goethe, um mich durch ihn wieder in die gute, goldene, altväterliche Ruhe eines literarischen Deutschlands hineinzuwiegen und einzulullen; vergebens brauche ich seine herrlichen Werke, um sie mir gewissermaßen als Aufruhr-Akte gegen meine dermalige Zeitaufregung zu verlesen. Es hilft alles nichts mehr. Wo fünf beisammen sind, wird es nach gewöhnlichen Bestimmungen der Aufruhr-Akten schon für einen Auflauf und eine Emeute angesehen, und so denke ein Mensch, was es heutiger Zeit für Aufläufe und Emeuten in einem Individuum geben muß, bei dem seine fünf Sinne immer beisammen sind! Man erlasse auf dem Wege rechtens eine gesetzliche Aufforderung an diese fünf Sinne, auseinanderzugehen und sich als ruhige Bürger in ihre friedfertige Häuslichkeit zurückzuziehen, und wenn es hilft, so werden die Staaten und Throne gesichert sein, alles wird hübsch beim alten bleiben, Rindviehzucht, Ackerbau und Gewerbe werden blühen, die Stabilität wird ihren Triumph erleben, und keine Revolution kann entstehen. Mit meinen im Aufruhrzustand begriffenen fünf Sinnen bringe ich's aber nicht soweit. Himmel, ich bin ein Unruhiger und weiß doch nicht, was ich will und soll! So viel weiß ich nur, daß etwas Neues mit mir vorgehen muß, wenn ich leben bleiben soll, und daß ich die Wiedergeburt meines alten Deutschen Adam nur in den jetzigen politischen Zeitinteressen finden kann!

Moderne Lebenswirren. Abenteuer und Briefe eines Salzschreibers, Leipzig 1847, S. 21 ff.

Ueber

ein sächsisches Eisenbahn-System

als Grundlage

eines allgemeinen

deutschen Eisenbahn-Systems

und insbesondere

über die Anlegung einer Eisenbahn

von

Leipzig nach Dresden.

Von

Fr. List,

Consul der Vereinigten Staaten für das Großherzogthum Baden.

Leipzig,

A. G. Liebeskind.

1833.

Friedrich List, der Vorkämpfer der deutschen Wirtschaftseinheit

Hoffmann von Fallersleben
Der deutsche Zollverein

Schwefelhölzer, Fenchel, Bricken,
Kühe, Käse, Krapp, Papier,
Schinken, Scheren, Stiefel, Wicken,
Wolle, Seife, Garn und Bier;
Pfefferkuchen, Lumpen, Trichter,
Nüsse, Tabak, Gläser, Flachs,
Leder, Salz, Schmalz, Puppen, Lichter,
Rettich, Rips, Raps, Schnaps, Lachs, Wachs!

Und ihr andern deutschen Sachen,
Tausend Dank sei euch gebracht!
Was kein Geist je konnte machen,
Ei, das habet *ihr* gemacht:
Denn ihr habt ein Band gewunden
Um das deutsche Vaterland,
Und die Herzen hat verbunden
Mehr als unser Bund dies Band.

Aus: Die Achtundvierziger, Ein Lesebuch für unsere Zeit, hg. v. Bruno Kaiser, Weimar 1952, S. 165.

Die erste Dampfeisenbahn in Deutschland. Ludwigs-Eisenbahn von Nürnberg nach Fürth. Die sieben Kilometer lange Strecke wurde am 7. Dezember 1835 mit Kanonendonner und Landwehrmusik eröffnet.

Die Erfindung der Eisenbahn mit Dampfkraft ist für den materiellen Verkehr der Staaten und für die Verbindung der Völker von einer ebenso unberechenbaren Wichtigkeit, als die Erfindung der Buchdruckerkunst für ihren geistigen Verkehr. Wie durch die Buchdrukkerpresse die Produktion des menschlichen Geistes in Tausenden von Exemplaren für die ganze zivilisierte Welt geliefert werden, wie sie als ein Hebel von unermeßlicher Kraft zur Beförderung des geistigen Verkehrs, zur Verbreitung der Kenntnisse und zur Emporhebung der Wissenschaften und Künste wirkt, ebenso wird durch die Eisenbahnen mit Dampfkraft der persönliche und materielle Verkehr der Menschen und der Austausch der Produkte der Natur und des Gewerbefleißes erleichtert und beflügelt. Die Entfernungen werden durch dieses dem Fluge der Vögel nachstrebende Verbindungs- und Transportmittel immer kleiner, Staaten und Nationen rücken dadurch einander näher; die Verbindungen werden zahlreicher und enger, und der Mensch bemächtigt sich immer mehr der Herrschaft über Raum und Zeit . . .

Aus der Einladung zur Gründung einer Gesellschaft für die Errichtung einer Eisenbahn mit Dampfkraft zwischen Nürnberg und Fürth. 14. Mai 1833

Friedrich Schulze (Hg.), Die ersten deutschen Eisenbahnen Nürnberg–Fürth und Leipzig–Dresden, Leipzig (1912), S. 16

Eisenbahnvermessung.

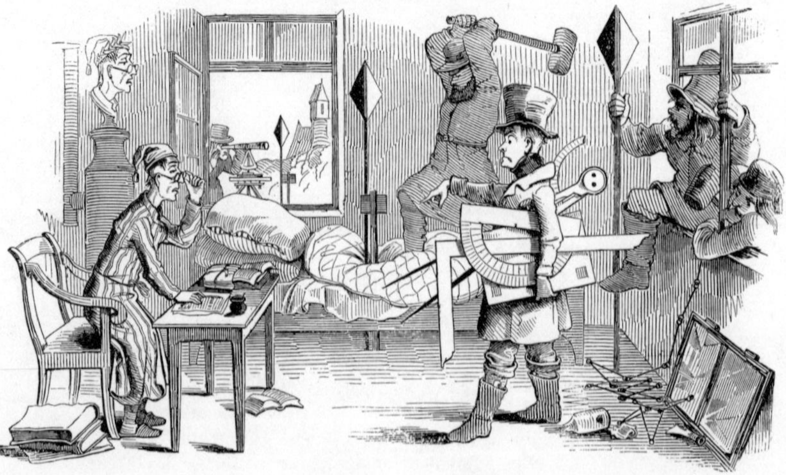

Lorenz Kindlein. Aber mein Herr, so schätzenswerth mir die Ehre Ihres Besuches ist, so muß ich doch gestehen, daß ich die Absicht hatte, auch heute nach Beendigung meiner gewöhnlichen Anzahl Verse, dort in dem Bette zu schlafen.

Der Geometer. Herr, schlafen Sie wo Sie wollen oder mögen, aber merken Sie sich diese officielle Verkündigung: Im Namen der Eisenbahn! Wer irgend einen der zu der Vermessung nöthigen Pfähle, Pflöcke und Merkzeichen auch nur auf kurze Zeit herauszieht, muß die sämmtlichen Vermessungskosten zahlen. Im Namen der Eisenbahn! — Guten Abend.

Aus einem Gutachten bayerischer Ärzte von 1835

Ortsveränderungen mittels irgendeiner Art von Dampfmaschinen sollten im Interesse der öffentlichen Gesundheit verboten sein. Die raschen Bewegungen können nicht verfehlen, bei den Passagieren die geistige Unruhe, ›delirium furiosum‹ genannt, hervorzurufen. Selbst zugegeben, daß Reisende sich freiwillig der Gefahr aussetzen, muß der Staat wenigstens die Zuschauer beschützen, denn der Anblick einer Lokomotive, die in voller Schnelligkeit dahinrast, genügt, diese schreckliche Krankheit zu erzeugen. Es ist daher unumgänglich, daß eine Schranke, wenigstens sechs Fuß hoch, auf beiden Seiten der Bahn errichtet werde.

Schulze (Hg.), Die ersten deutschen Eisenbahnen, Leipzig 1917, S. 24

Goethe 1828 zu Eckermann: »Mir ist nicht bange, daß Deutschland nicht eins werde; unsere guten Chausseen und künftigen Eisenbahnen werden schon das Ihrige tun.«

Goethe schenkte diese Spielzeug-Eisenbahn seinem Enkel

Grandville, Ansturm der Aktionäre

Hundert und mehr Mädchen und Knaben, in einem Alter von vierzehn bis sechzehn Jahren, schlecht gekleidet und von bleichem Ansehen, liefen ruhelos geschäftig hin und her, um die mit furchtbarer Schnelligkeit arbeitenden Maschinen zu bedienen. Der ganze weite Saal war mit einem trüben, öligen Nebeldunst erfüllt, der aus den staubfeinen, fast unsichtbaren Wollenteilchen gebildet ward, die immerwährend von den Maschinen abflogen. Häufiges abgebrochenes Husten der Arbeitenden fiel jedem Fremden auf und ward auch sogleich von Sloboda und Heinrich bemerkt. Es machte einen fast unheimlichen Eindruck, die vielen schlanken Gestalten stumm und traurig unter den rasselnden Maschinen in dieser brühwarmen, feuchten und fettigen Atmosphäre ewig hüstelnd umherwandern zu sehen, Hände, Gesicht, Kleider und Haare mit feinen Wollenflöckchen bedeckt, die nicht selten an den reizbaren Stellen der Haut ein heftiges Jucken verursachten.

»Diese Arbeit muß anstrengen«, sagte Sloboda, »und scheint mir nicht ganz unschädlich zu sein. Arme Kinder, wie sie husten!«

Adrian lächelte. »Glauben Sie diesen intriganten Geschöpfen nicht«, sprach er, »sie verstellen sich und heucheln einen krampfhaften Kitzel in der Kehle, der in Wahrheit nicht vorhanden ist. Ich will Ihnen erklären, woher dies kommt. Früher arbeiteten die Maschinen nur zehn Stunden täglich, in welcher Zeit sie abwechselnd von zwei sich ablösenden Parteien bedient wurden. Später, als das Maschinengarn mehr in Aufnahme kam und die Bestellungen sich häuften, ward die Arbeitszeit verlängert und der Lohn natürlich auch erhöht, während im übrigen die Verhältnisse ganz dieselben blieben. Bald aber reichte auch dies nicht mehr hin, und ich sah mich genötigt, die Maschinen Tag und Nacht, mit Ausnahme der Stunden von eilf bis ein Uhr nachts, ununterbrochen gehn zu lassen. Natürlich muß ich nun auch die Arbeitszeit meiner Leute verlängern, wofür sie angemessen bezahlt werden. Allein diese Menschen, die anfangs froh waren, daß sie Arbeit fanden, und die ein schönes Geld verdienten und durchbrachten, können jetzt nicht mehr genug Lohn erhalten. In der Meinung, daß unser Gewinn in gleichem Verhältnis stehe mit dem Mehrertrage, verlangen sie doppelten, ja wohl gar dreifachen Lohn, behauptend, es litte ihre Gesundheit bei den Maschinen, und weil ich auf so törichte und völlig unsinnige Forderungen bei den äußerst gesunkenen Preisen der baumwollenen Waren nicht eingehen kann und will, verstellen sie sich und husten, als ob sie all die Schwindsucht hätten! Doch ich lache zu solchen Maskeraden!«

Maschinensaal einer Baumwollspinnerei um 1830

»Eilf Stunden täglichen Aufenthalts in diesem Öldunst ist kein Genuß, Herr am Stein«, sagte der Maulwurffänger. »Könnten Sie nicht, um die Maschinen zum Segen der Menschheit wirken zu lassen, die Arbeitszeit vierteilen und vier Parteien beschäftigen?«

Adrian sah den Alten mit großen Augen an, verwundert über einen solchen Gedanken. »Das wäre der erste Schritt zum sichern Bankerott«, versetzte er verächtlich. »Ich müßte dann wenigstens zweimal mehr Lohn geben als jetzt und hätte überdies noch mit der Widerspenstigkeit dieser nie zufriedenen Menschen unablässig zu ringen. Nein, es ist so besser, und ich rate Ihnen, mein lieber alter Herr, wenn Sie etwa in Rußland das Maschinenspinnen einführen sollten, nie auf die Klagen Ihrer Arbeiter zu achten. Nachgiebigkeit macht sie stets unzufrieden. Sie haben so wenig bei den Maschinen zu tun, daß man das bißchen Hin- und Herlaufen eigentlich gar nicht Arbeit nennen kann. Es ist eine bloße müßiggängerische Spielerei, für die ein Trinkgeld hinlänglicher Lohn wäre. Doch bei Ihnen wird solche Aufsätzlichkeit wie hier nicht vorkommen. Sie besitzen zum Glück Leibeigene, die Sie für jede Klage mit Knutenhieben belohnen können, eine Einrichtung, die sehr vernünftig und praktisch ist und die auch bei uns bestehen sollte! Glauben Sie mir, man hat unsäglichen Ärger mit diesem widerhaarigen Arbeitervolk!«

Weiße Sklaven, Bd. 1, Leipzig 1845, S. 126 f.

Georg Büchner

Straßburg, den 5. April 1833

Meine Meinung ist die: Wenn in unserer Zeit etwas helfen soll, so ist es Gewalt. Wir wissen, was wir von unseren Fürsten zu erwarten haben. Alles, was sie bewilligten, wurde ihnen durch die Notwendigkeit abgezwungen. Und selbst das Bewilligte wurde uns hingeworfen wie eine erbettelte Gnade und ein elendes Kinderspielzeug, um dem ewigen Maulaffen *Volk* seine zu eng geschnürte Wickelschnur vergessen zu machen. Es ist eine blecherne Flinte und ein hölzerner Säbel, womit nur ein Deutscher die Abgeschmacktheit begehen konnte, Soldatchens zu spielen. Unsere Landstände sind eine Satire auf die gesunde Vernunft, wir können noch ein Säkulum damit herumziehen, und wenn wir die Resultate dann zusammennehmen, so hat das Volk die schönen Reden seiner Vertreter noch immer teurer bezahlt als der römische Kaiser, der seinem Hofpoeten für zwei gebrochene Verse 20 000 Gulden geben ließ. Man wirft den jungen Leuten den Gebrauch der Gewalt vor. Sind wir denn aber nicht in einem ewigen Gewaltzustand? Weil wir im Kerker geboren und großgezogen sind, merken wir nicht mehr, daß wir im Loch stecken mit angeschmiedeten Händen und Füßen und einem Knebel im Munde. Was nennt Ihr denn gesetzlichen Zustand? Ein Gesetz, das die große Masse der Staatsbürger zum fronenden Vieh macht, um die unnatürlichen Bedürfnisse einer unbedeutenden und verdorbenen Minderzahl zu befriedigen? Und dies Gesetz, unterstützt durch eine rohe Militärgewalt und durch die dumme Pfiffigkeit seiner Agenten, dies Gesetz ist eine ewige, rohe Gewalt, angetan dem Recht und der gesunden Vernunft, und ich werde mit Mund und Hand dagegen kämpfen, wo ich kann. Wenn ich an dem, was geschehen, keinen Teil genommen und an dem, was vielleicht geschieht, keinen Teil nehmen werde, so geschieht es weder aus Mißbilligung noch aus Furcht, sondern nur weil ich im gegenwärtigen Zeitpunkt jede revolutionäre Bewegung als eine vergebliche Unternehmung betrachte und nicht die Verblendung derer teile, welche in den Deutschen ein zum Kampf für sein Recht bereites Volk sehen. Diese tolle Meinung führte die Frankfurter Vorfälle herbei, und der Irrtum büßte sich schwer. Irren ist übrigens keine Sünde, und die deutsche Indifferenz ist wirklich von der Art, daß sie alle Berechnungen zuschanden macht. Ich bedaure die Unglücklichen von Herzen. Sollte keiner von meinen Freunden in die Sache verwickelt sein?

Werke und Briefe, hg. von Fritz Bergemann, München 1973, S. 157 f.

Der Hessische Landbote.

Erste Botschaft.

Darmstadt, im Juli 1834.

Vorbericht.

Dieses Blatt soll dem hessischen Lande die Wahrheit melden, aber wer die Wahrheit sagt, wird gehenkt, ja sogar der, welcher die Wahrheit liest, wird durch meineidige Richter vielleicht gestraft. Darum haben die, welchen dies Blatt zukommt, folgendes zu beobachten:

1) Sie müssen das Blatt sorgfältig außerhalb ihres Hauses vor der Polizei verwahren;
2) sie dürfen es nur an treue Freunde mittheilen;
3) denen, welchen sie nicht trauen, wie sich selbst, dürfen sie es nur heimlich hinlegen;
4) würde das Blatt dennoch bei Einem gefunden, der es gelesen hat, so muß er gestehen, daß er es eben dem Kreisrath habe bringen wollen;
5) wer das Blatt nicht gelesen hat, wenn man es bei ihm findet, der ist natürlich ohne Schuld.

Friede den Hütten! Krieg den Pallästen!

Im Jahr 1834 siehet es aus, als würde die Bibel Lügen gestraft. Es sieht aus, als hätte Gott die Bauern und Handwerker am 5ten Tage, und die Fürsten und Vornehmen am 6ten gemacht, und als hätte der Herr zu diesen gesagt: Herrschet über alles Gethier, das auf Erden kriecht, und hätte die Bauern und Bürger zum Gewürm gezählt. Das Leben der Vornehmen ist ein langer Sonntag, sie wohnen in schönen Häusern, sie tragen zierliche Kleider, sie haben feiste Gesichter und reden eine eigne Sprache; das Volk aber liegt vor ihnen wie Dünger auf dem Acker. Der Bauer geht hinter dem Pflug, der Vornehme aber geht hinter ihm und dem Pflug und treibt ihn mit den Ochsen am Pflug, er nimmt das Korn und läßt ihm die Stoppeln. Das Leben des Bauern ist ein langer Werktag; Fremde verzehren seine Aecker vor seinen Augen, sein Leib ist eine Schwiele, sein Schweiß ist das Salz auf dem Tische des Vornehmen.

Im Großherzogthum Hessen sind 718,373 Einwohner, die geben an den Staat jährlich an 6,363,364 Gulden, als

1)	Direkte Steuern	2,128,131	fl.
2)	Indirecte Steuern	2,478,264	„
3)	Domänen	1,547,394	„
4)	Regalien	46,938	„
5)	Geldstrafen	98,511	„
6)	Verschiedene Quellen	64,198	„
		6,363,363	fl.

Dies Geld ist der Blutzehnte, der von dem Leib des Volkes genommen wird. An 700,000 Menschen schwitzen, stöhnen und hungern dafür. Im Namen des Staates wird es erpreßt, die Presser berufen sich auf die Regierung und die Regierung sagt, das sey nöthig die Ordnung im Staat zu erhalten. Was ist denn nun das für gewaltiges Ding: der Staat? Wohnt eine Anzahl Menschen in einem Land und es sind Verordnungen oder Gesetze vorhanden, nach denen jeder sich richten muß, so sagt man, sie bilden einen Staat. Der Staat also sind Alle; die Ordner im Staate sind die Gesetze, durch welche das Wohl Aller gesichert wird, und die aus dem Wohl Aller hervorgehen sollen. — Seht nun, was man in dem Großherzogthum aus dem Staat gemacht hat; seht was es heißt: die Ordnung im Staate erhalten!

Erste Seite des »Hessischen Landboten« von Georg Büchner

Ludwig Börne

Ich fange an den guten Reisegeist zu spüren, und einige von der Legion Teufel, die ich im Leib habe, sind schon ausgezogen . . .

Aber je näher ich der französischen Grenze komme, je toller werde ich.
Ich mußte lachen, als ich nach Darmstadt kam und mich erinnerte, daß da vor wenigen Tagen eine fürchterliche Revolution gewesen sein soll, wie man in Frankfurt erzählte. Es ist eine Stille auf den Straßen gleich der bei uns in der Nacht, und die wenigen Menschen, die vorübergehen, treten nicht lauter auf als die Schnecken . . .

Die Theaterwache in Darmstadt war gewiß fünfzig Mann stark. Ich glaube, auf je zwei Zuschauer war ein Soldat gerechnet. Noch viel zuwenig in solcher tollen Zeit. Und diesen Morgen um sechs Uhr zogen einige Schwadronen Reiter an meinem Fenster vorüber und trompeteten mich und alle Kinder und alle Greise und alle Kranken und alle süßträumenden Mädchen aus dem Schlafe. Das geschieht jeden Tag. Diese kleinen deutschen Fürsten in ihren Nußschalen-Residenzen sind gerüstet und gestachelt wie die wilden Kastanien. Wie froh bin ich, daß ich aus dem Lande gehe.

Briefe aus Paris, in: Gesammelte Schriften, Bd. 9, Hamburg 1832, S. 1, 2 u. 4

Willibald Alexis

. . . In Paris fließt der Rinnstein in der Mitte der Gassen; das ist das Juste-milieu. Bei uns noch näher an beiden Seiten; wir wollen sehen, wie lange wir den Unrat noch da lassen.
Das Volk ist gut. Die kleine Presse arbeitet tüchtig. Sie spuckt ihnen ins Gesicht, daß sie sich wundern. Nur noch nicht genug; noch immer Rücksichten. Wundert euch nur, es kommt noch besser.
Wir stehen auf der schmalen Kante. Bevor die Sonne zehnmal für diese gut katholische Stadt untergeht, entscheidet sich's, ob – Amerika das letzte Vaterland des freien Deutschen ist. – – –

Das Haus Düsterweg, Bd. 2, Leipzig 1835, S. 122 f.

Was ist des Deutschen Vaterland?

1833 wanderten 20 000 Menschen nach Nordamerika aus, in den 40er Jahren 60 000 bis 100 000. Von 1820 bis 1835 waren 30 Prozent der Einwanderer in die Vereinigten Staaten Deutsche.

Bildquellennachweis

Archiv Gerstenberg: 131, 133

Böhmer, Günter, Die Welt des Biedermeier (Kurt Desch Verlag, 1968): 103, 111

Germanisches Nationalmuseum: 79, 125

Kunst der bürgerlichen Revolution 1830 bis 1849
(Neue Gesellschaft für bildende Kunst, 1972):
77, 81, 83, 126, 135

Stadtarchiv Ansbach (Fotos Hanns Beer): 85–99

Stadt- und Universitätsbibliothek Frankfurt: 116, 119, 121, 122, 127, 128, 129